名刀伝㈡

細谷正充 編

時代小説文庫

角川春樹事務所

長曾禰虎徹
虎徹　柴田錬三郎　7

大和則長
試し胴　東郷 隆　25

越前守助広
艶刀忌　赤江 瀑　63

正宗
贋の正宗　澤田ふじ子　101

村正
村正　海音寺潮五郎　157

天叢雲剣
ガリヴァー忍法島　山田風太郎　191

コラム　日本刀の鐔　62／100／156／190
店紹介　銀座長州屋　271
編者解説　細谷正充　272

写真提供

カバー・口絵
［銀座長州屋］

名刀伝 二

傑作日本刀小説アンソロジー

編者略歴

細谷正充（ほそや・まさみつ）

1963年、埼玉県生まれ。文芸評論家。書店員を経て、時代小説・ミステリーを中心に、SFやライトノベル、コミックなども含むエンタテインメント全般を、幅広く論じている。著書に『松本清張を読む』『必殺技の戦後史』など。編著に『江戸の老人力』『九州戦国志』『ふたり――時代小説夫婦情話』『きずな――時代小説親子情話』『野辺に朽ちぬとも吉田松陰と松下村塾の男たち』『名刀伝』『名城伝』など。

長曾禰虎徹

虎徹

柴田錬三郎

柴田錬三郎（しばた・れんざぶろう）

1917年、岡山県生まれ。慶應義塾大学在学中から「三田文学」に小説を発表。大学卒業後は日本出版協会に入るが、42年に召集。南方へ向かう途中で乗艦が撃沈されて漂流するが、奇跡的に救助される。51年発表の「デスマスク」が芥川賞と直木賞の候補となり、51年「イエスの裔」で第26回直木賞を受賞。70年に『三国志英雄ここにあり』で第4回吉川英治文学賞を受賞。筆書に「眠狂四郎無頼控」シリーズ、「赤い影法師」シリーズなど、多数。78年逝去。享年61歳。

虎次郎興里《とらじろうおきさと》が、おのが五体の中に、実父の破戒無慚《むざん》な血が流れているのを悟ったのは、二十八歳の時であった。

二年前から依頼されていた城代家老の差料を、ようやく打ちあげる肚《はら》がきまって、鍛冶場《かじば》にとじこもって一月、形を整え、やっと荒研ぎまで仕上げたところへ、城代家老から命じられて、当藩武術師範の数田総左衛門《かずたそうざえもん》が、検分に来た。

虎次郎は、荒研ぎの新刃《あらは》を検分されることを好まず、取次いだ弟子《でし》に、断らせた。

すると、数田総左衛門は、いきなり、鍛冶場に入って来た。

やむなく、虎次郎は、それを観《み》せた。

総左衛門は、手にとって、しばらく、矯《た》めつ眇《すが》めつしていたが、

「お主、時世が変ったことを忘れて居るの」

と、云った。

虎次郎が、それはどういう意味かと反問すると、

「この不細工なかたちは、戦場で阿修羅《あしゅら》となって、撲《う》ちまくるためのものであろう。もはや、乱世ではない。太刀《たち》は、武士道の吟味を増すためのものと相成った。されば、そのかたちは、剣技の冴《さ》えを示す兵法者の心得に添わねばならぬ。その斬《き》れ味を包む美しさが肝心であろう」

「………」

虎次郎は、しばらく、黙っていたが、やがて、

「お手前様の差料を拝見できませぬか」

と、ねがった。

総左衛門は、腰から白刃を抜きとって、虎次郎に手渡した。

虎次郎は、それをろくに観もせず、かたえの刀架けの上段へ、乗せた。そして、おのが新刃を把《と》るや、気合もろとも、斬り下した。総左衛門の差料は、かんたんに、まっ二つに折れた。

「何をいたす？」

怒気をこめて咎《とが》める総左衛門へ、虎次郎は、向き直りざま、

「不覚者っ！」

と、一喝《かつ》とともに、新刃を大上段にふりかぶった。

「ま、まて！」

総左衛門は、顔面蒼白《そうはく》になって、左手をつき出して、わが身をかばった。

虎次郎は、その左手を、手くびから、両断した。

けだものじみた呻《うめ》きをあげて、その場へ崩折れた総左衛門を、じっと見下し乍《なが》ら、

虎次郎は、二十五年前の実父の佐兵衛《さへえ》の所業を、思い出した。

石田三成《いしだみつなり》の居城佐和山《さわやま》城が、東軍の総攻撃に遭って、壊滅した。——その日のことである。

石田家抱えの刀工であった佐兵衛は、三成の父為成《ためなり》が、一同城を枕《まくら》に討死、と覚悟をきめるや、虎次郎のほかに、かねて恋慕していた奥女中をつれて、闇夜《やみよ》にまぎれて、城を脱出した。その奥女中は、為成のお手つきの、大層美しい女であった。

幼い虎次郎にとって、まるで天女のように神々《こうごう》しい存在であった。

夜明けの霧が、視界をとざしている頃《ころ》、虎次郎は、湖上の小舟の舳先《へさき》にいた。佐兵衛が漕《こ》いで居り、女はすすり泣いていた。

そのうち、虎次郎は、ふと、小舟が進まなくなっているのに気がついた。

振りかえってみると、父は女の上にのしかかっていた。女は、父の胴わきから、白い脚を空ざまに挙げていた。

虎次郎には、父が何故《なにゆえ》に、神々しい女を虐待《ぎゃくたい》しているのか、判別がつかなかった。

やがて、父は、やおら起き上ると、死んだように仰臥《ぎょうが》している女を見下していたが、不意に、太刀を摑《つか》みとるや、抜きざまに、そのみだらな姿態へあびせた。

虎次郎は、息をのんで、朝霧の中に散り撒《ま》かれる血飛沫《ちしぶき》を、眺《なが》めた。

舷《ふなばた》から、身をのり出し、両手をさしのべて、絶叫する女へ、容赦なき二の太刀が振り下された。

虎次郎は、女の屍体《したい》を、水中へ蹴込《けりこ》む父の姿を、悪鬼のように恐ろしいものに思った。

「誰にも云うな！」

そう口止めする父の凄《すさま》じい形相は、その後、屢々《しばしば》夢の中に現われた。

父が虐待に耐えかねて逃げ出そうとした母を、斬り殺した事実を、虎次郎が、知ったのは、それから数年後であった。虎次郎は、それを或《あ》る人からきかされた時、湖上の惨劇を思い泛《うか》べて、あの美しい女が、母であったような気がした。

しかし、ふしぎにも、虎次郎は、父を憎悪《ぞうお》しなかった。

越前北庄《えちぜんきたのしょう》におちついてから、刀工長曾禰《ながそね》の名を次第にひろめる父に対して、虎次郎は、批判をくわえる余裕はなかった。父が、虎次郎に要求した鍛冶修業は、残虐なまでに厳正で苛烈《かれつ》だったのである。そしてまた、父の教えは、虎次郎に、後でいちいち合点させるものがあった。

佐兵衛は、刀のみならず、甲冑《かっちゅう》、槍《やり》、鍔《つば》、鐙《あぶみ》、轡《くつわ》、鷹《たか》の鈴など、各種金具の製法を、虎次郎にさずけた。

佐兵衛が逝《い》ったのは、虎次郎が二十二歳の年であった。

しかし、その時、すでに虎次郎は、鎧《よろい》作りにおいて、隣国にまで、その名をひびかせていた。刀工としてよりも、甲冑師として、腕をきたえたのではなく、酒に溺《おぼ》れはじめた父をかばって、打ちあげた刀には、すべて父の銘を入れ、鎧にのみ、自分の銘をきったからである。

加賀百万石——金沢城下で、刀工としては志摩《しま》兵衛《ひょうえ》正次《まさつぐ》、甲冑師として長曾禰虎次郎興里、この二人が卓絶していた。

刀工は、いかなる兜《かぶと》でも、一刀両断できるように百鍛千錬する。また。甲冑師は、どんな名刀を振り下されても、斬れないように、精魂を傾ける。されば、名工の刀で、名匠の兜を斬ってみたならば、どうなるであろう。

藩主前田《まえだ》利常《としつね》は、某年、そう考えた。そして、その命令は、その日のうちに、志摩兵衛と虎次郎へ、家臣を通じて、伝達された。

君命ならば、やむを得なかった。

二月の後、兜と刀は、完成して、藩主利常の面前へ据《す》えられた。

兜は、南蛮鉄を鍛えた漆黒の桃型の逸品であった。見るからに、豪気の武辺者の頭にのせるにふさわしい重厚なおもむきがあった。

志摩兵衛は、白鞘《しらさや》の新刀を携《さ》げて、その前に進むと、片膝《かたひざ》ついて、すらりと抜きはなった。刃長は二尺五寸もあろうか、反りふかく、身幅の広い豪剣であった。冴えた地金が、朝陽《あさひ》を煌《きら》と反射して、視《み》る者に固唾《かたず》をのませた。

志摩兵衛は、ゆっくりと双足を八の字に踏みひらいて、大上段にふりかぶった。

ややしばし、兜を凝視していてから、ふっと目蓋《まぶた》をとざした。祈念をこめるいくばくかの間に、剣気を五体にみなぎらせるものとみえた。

かっと、双眼をひきむく刹那《せつな》が、いわば立合いにおける汐合《しおあ》いきわまった一瞬に適《かな》う——。

頭上高くかかげられた白刃が、びくっと、動いた。

とたん、

「待った！」

虎次郎の一声が、制した。

振りかえった志摩兵衛の面貌《めんぼう》には、憤怒《ふんぬ》が滲《にじ》んでいた。

虎次郎は、その凄じい睥睨《へいげい》をあびて、顔面をこわばらせ乍ら、

「兜の位置が気に入り申さぬ」

と断って、進み出ると、白木の台の上の位置を、すこし直しておいて、自席にさがった。

志摩兵衛は、全身全霊をもって盈《み》たした気合をまんまとはずされて、こみあげた不快の感情を、ふりはらうべくもなく、再び大上段にふりかぶったものの、剣気はもはや、五体に湧《わ》かなかった。

――おのれ、興里め！

兜を、虎次郎と看做《みな》し、その憎悪の力で、両断すべく、一喝とともに、振り下した。

新刃は、兜の八幡座《はちまんざ》を、一寸あまり、割りつけるにとどまった。

志摩兵衛は、引き抜こうとしたが、取れぬままに、すてて、両手をつかえた。

「面目次第も御座いませぬ」

俯向《うつむ》いた蒼白な横顔には、なお、虎次郎に対する憤怒の色がのこっていた。

利常は、微笑して、

「兜を一寸も割ったは、正次の新刃が業物である証左であろう。また、兜がま二つにならざりしは、興里の腕が誇るに足りることであろう。勝負なし」

双方に花をもたせて、さっさと奥へ入って行った。

自宅へ戻って来た虎次郎は、首尾を待っていた弟子の興光《おきみつ》、興包《おきかね》の二人を呼んで、

用試しの仔細《しさい》をきかせてから、

「わしが、あの刹那、待った、を入れなければ、兜はま二つになったに相違ない。卑劣な振舞いであった。……わしは、今日限り、甲冑師はやめた。斬られる兜を作るよりも斬る刀を打つ！」

そして、翌日から、鍛冶場の道具を一切あらためたのであった。虎次郎が、二十五歳の時であった。

それから三年、刀工としての精進に努めて来た虎次郎は、なお、父の名声をしのぐに至らなかったのである。父が晩年にうったと称せられる刀は、悉《ことごと》く虎次郎の作であり、それは、当代の業物として、藩士たちは帯びるのを自慢していた。皮肉にも、虎次郎自身が、刀工として名のりをあげて、うちあげた刀は、同じ価値を与えられることはできなかったのである。

この忿懣《ふんまん》が、たまたま、武術師範数田総左衛門に、不細工なかたちをそしられて、爆発したのである。

虎次郎は、その夜のうちに、金沢を退転して江戸へ出た。

刀工としての虎次郎の名声が、あがったのは、それから三十年後——正保三年頃であった。虎徹《こてつ》という銘をきったのも、その頃であった。

三十年間、虎次郎は、陋巷《ろうこう》に逼塞《ひっそく》して、黙々として、新刃をうちあげては、片はしから折っていた。一振として、気に入らなかったからである。

五十の坂を越えてから、霊感的に、虎次郎がさとったのが、真鍛であった。

真鍛、とは――。

後代にいたって、水心子正秀《すいしんしまさひで》が、この秘伝を公《おおやけ》にしている。刀の中の心金を、外の面金と同様に、よく鍛えて作ったものをいう。

薩摩《さつま》の伯耆守正幸《ほうきのかみまさゆき》という名士が、真鍛について、次のように、述べている。

「真の鍛といい、丸作という。甲伏《こうぶせ》の中に入れる鈍鉄《びゃくてつ》を以《もっ》て、一五六折り鍛えたる刃鉄にかえて作る。これを真の甲伏といい、真の鍛といい、丸作ともいうなり」

通常、刀の心金には、鍛錬回数のすくない粗鉄を入れる。真鍛では、十五回ぐらい鍛錬した精鉄を入れる。そして、外を衣金《ころもがね》でつつむ。

そのために、精鍛した心金の一端が刀の中心《なかご》になるので中心の錆色《さびいろ》が、目ざめるように美しく冴えて、朽ちこみもすくない。

虎次郎は、錨《いかり》の古鉄をおろして心金をつくって、真鍛を完成した。

最初に、それをうちあげた時、虎次郎は、当然、三十年前に、数田総左衛門からそしられたのを思い出した。

たしかに、あの時、総左衛門に示した新刃は、不細工なかたちをしていたし、刀の中心になんの美しさもなかった。

――これならば、まさに、斬れ味を包む美しさ、といえるだろう。

虎次郎は、はじめて、天下に誇るに足りる名刀をうちあげたと、自らに云いきかせることができた。そこではじめて、次の銘をきった。

長曾禰虎徹　於武州江戸作之

この一振は、虎次郎自身が、携げて、旗本の久貝因幡守正方《くがいいなばのかみまさかた》へ、持参された。

正方は、まだ二十歳を越えたばかりであった。毎日喧嘩沙汰《けんかざた》でくらしている旗本奴《やっこ》と称される六法者《ろっぽうもの》の一人であった。

無反り二尺三寸の新刃を抜きはなってみた正方は、眉宇《びう》をひそめて、

「おれは、舞楽太刀など、欲しゅうないぞ」

と、云った。

あまりに美しくうちあげられていたので、鑑賞用としか見えなかったのである。虎次郎は、三十年前とは、反対のことを云われたのであった。

「これで、斬れるか！」

そうあざけられた虎次郎は、黙って、刀を受けとると、庭へ降りた。

老松の太枝が、蛇《へび》のようにうねって、石燈籠《どうろう》の上へさしのばされているのに目をとめて、つかつかと近寄るや、呼吸も置かずに、無造作ともみえるひと振りで、一閃《いっせん》した。

太枝は、両断されて、地へ落ちた。

のみならず、虎次郎が、ゆっくりと、二歩退《さが》った時、石燈籠の置石もまた、ぱっくり二つに割れて、落ちた。

「見事！」

正方は、歓喜して、

「わしが生涯《しょうがい》の差料にいたすぞ！」

と、叫んだ。

虎次郎は、ひややかに、

「いったん斬れ味を疑われた刀を、納めるわけには参りませぬ」

と、拒絶した。

「石燈籠切」と添銘を入れたその新刃は、おそろしい高値をよんで、後年、細川侯の宝物の一つに加えられた。

やがて、虎次郎は、若年寄稲葉《いなば》石見守《いわみのかみ》から、新規召抱えの職人としては、破格の五十人扶持《ぶち》をもらう身となった。

召抱えられてから、程なく、

「殿中差しにいたす故、特に入念の鍛錬を――」

と命じられた。

殿中差しならば、上品なのがよかろう、と判断した虎次郎は、ひときわ中心の美しい細身の一振をうちあげて、持参した。

石見守は、一瞥《いちべつ》するなり、

「これは、いかぬ」

と、しりぞけた。

理由を訊《き》くと、

「わしのような六尺の大兵《たいひょう》には、ふさわしくない」

「では、もうすこし幅広におつくり仕《つかまつ》ります」

虎次郎が、次に持参したのは、普通の身幅のものであった。

石見守は、

「美しいし、斬れ味もよさそうじゃ。しかし、わしは、もっと豪壮なのが欲しいの」

と、云った。

「殿中差しと心得て、おつくりいたして居りまするが……」

「殿中差しだからこそ、わしは、何者も帯びぬ豪壮なのを、のぞむのじゃ」

殿中に於《おい》ては、鯉口《こいぐち》をきっただけで、重罪となる。にも拘《かかわ》らず、石見守は、戦場刀が欲しい、という。

虎次郎は、その夜、稲葉家の菩提寺《ぼだいじ》宗延寺の本堂に忍び入って、摩利支天《まりしてん》像を盗み出した。

これを鋳《い》つぶして、精鍛し、衣金として、うちあげた。

三度び、持参された殿中差しは、思いきった幅広で、刀長も一尺七寸あった。常人には重すぎたが、石見守は、かるがるとうち振ってみて、にっこりした。

「虎徹、これには、満足したぞ」

しかし、虎徹は、無愛想な面持《おももち》で、

「この一振は、てまえ、聊《いささ》か思うところあって、怒気を罩《こ》めて居りまする。すなわち、心が平であれば、秋水もまた穏やかでありましょうが、胸中ひとたび激すれば、白刃もまた狂瀾《きょうらん》となりましょう」

「よい。それが、わしののぞむところだ」

石見守は、こたえた。

虎徹が逝って、十年後、石見守は、この差料を抜きはなって、大老堀田筑前守正俊《ほったちくぜんのかみまさとし》を刺した。

堀田正俊は、綱吉《つなよし》を五代将軍に擁立した功労者であった。その功によって、大老にのぼり、勢威ならぶものがなかった。その剛直な気性は、多くの人々から反感を買ったが、ついには、綱吉からも敬遠されることとなった。石見守も、数度、はずかしめを受けて、憎むことにおいて人後におちなかった。

たまたま、摂津《せっつ》の河川改修を、公儀の手で行うことになり、石見守は、正俊の命によって、現地を調査し、工事費四万両と見積った。

ところが、正俊は、さらに、河村瑞軒《かわむらずいけん》をして再調査せしめ、石見守見積りの半額二万両で、請負わせた。石見守の面目は丸つぶれとなった。

石見守は、殿中刃傷《にんじょう》を決意すると、家中へ、

「近くお国替えになる模様である。あらかじめ、移転の準備をいたしておくように
――」

と、命じた。

そして、毎朝、巻藁《まきわら》へ刀を突き入れて、剔《えぐ》る練習をはじめた。はじめのうちは、刀

を突き入れて回しても、藁は切れなかった。やがて、練習が積むと、円錐形《えんすいけい》に、剔り取れるようになった。

貞享元年八月二十八日朝、石見守は、殿中松の廊下で、堀田正俊を、呼びとめた。

正俊が振りかえると、石見守は、正俊の右袖《みぎそで》を指さして、

「何か、ついて居ります」

と、云った。

正俊が、何気なく、右手を挙げた――刹那、石見守は、左手でその右手を突きあげ、居合抜きに、

「天下のため！」

と叫びざま、正俊の右脇下《わきした》から、斜め上へ、ぐさと刺した。切っ先は、左肩上へ突き抜けた。

正俊は、

「あっ！」

と、叫ぶのが、精一杯であった。

石見守は、正俊の胸ぐらを摑《つか》んでおいて、刀を、ひと回し、ぐっと剔った。

大久保加賀守《おおくぼかがのかみ》が、その光景を目撃して、走り寄った。

「狼藉者《ろうぜきもの》！」

脇差を抜いて、背後から、石見守に斬りつけた。

石見守は、背中を割られ乍らも、動ぜず、刀を抜きとるや、こんどは脾腹《ひばら》を刺して、剔った。

加賀守は、二の太刀、三の太刀を、つづけてあびせたが、石見守は、ついに、正俊を摑んだ手をはなさなかった。

大和則長

試し胴

東郷 隆

東郷隆（とうごう・りゅう）
1951年神奈川県生まれ。國學院大學卒。同大學博物館学研究室助手、編集者を経て作家となる。94年に『大砲松』で第15回吉川英治文学新人賞を受賞。2004年『狙うて候―銃豪 村田経芳の生涯』で第23回新田次郎文学賞を受賞。12年『本朝甲冑奇談』で第6回舟橋聖一文学賞を受賞。著書に『人造記』『そは何者』『のっぺらぼう』『名探偵クマグスの冒険』『九重の雲』『くちなわ坂』『赤報隊始末 御用盗銀次郎』など。

一

がらり、と障子が開いて月代《さかやき》の狭い頭がのぞいた。

「生多目《なまため》君、いるかね」

衝立《ついたて》の陰で寝っ転がっていた喜三郎《きさぶろう》は、組打ちの手のようにとん、と畳を叩《たた》いて起き上った。顔に乗せた草双紙が訪問者の足元に飛んだ。

「相変らずだな」

男は顔をしかめた。

「女子供が読むようなものを読んでいる」

「出入りの本屋が持ち込む本は、あらかた目を通してしまいましてね」

喜三郎は、襟元《えりもと》を整《ただ》して正座した。寝起きもそれほど悪い方ではない。

「封切《ふうきり》（新刊本）を持ってこないので、やむを得ずこのようなものを借りております」

以前は出入りの本屋も五人程いたのだが屋敷内の者が、本の内容がおもしろくないの、三巻揃《ぞろ》いの春本が足りないのと難癖《なんくせ》をつけて月末に払う一冊二十四文の貸し賃も踏み倒すために、皆足が遠のいた。それでもまだ本を読む者は隊内でもましな方である。隠れて打つ骰子《さいころ》の目の出し様、盆の集計は即座に出来ても、こと文字となると自分の名を書くことすらおぼつかないという者がここには多い。

「用は何でしょう、椿《つばき》さん」

喜三郎は、わざとらしく欠伸《あくび》してみせた。市中取締の夜廻《よまわ》りから帰って来たばかりである。本来ならこの時刻でも布団を敷いて許される立場だ。

「まさか貸本の中味を詮議《せんぎ》するために、私をおこしたわけではありますまい」

「左様」

狭く剃《そ》りあげた月代を振って椿、と呼ばれた男は苦笑した。

「君に少々頼みたいことがある」

「何です」

「買物だよ」

椿は、何か言おうとする喜三郎の肩先を押さえるような手つきをして、

「いや、余人に頼めぬことだ。例の……」

と、その手を妙な形に握りしめ、軽く降した。刀を使う仕草《しぐさ》である。

「……あれをやる。ついてはその備品を揃えてもらいたいのだ」

椿はにやり、と笑った。

「わかりました」

以前より耳にしていた話だから、そう驚きはしなかったが、喜三郎は少し嫌な気がした。

「とうとう、やるのですね」

「何という顔をする」

「いや、刀にも箔《はく》がつく。しごく名誉なことと思ったまでです」

喜三郎は眉根《まゆね》にしわを寄せたまま、口元をゆるめた。心にもない笑いは、端《はた》から見れば異様なものに思えるらしい。椿は不審気に喜三郎の横顔をうかがい、

「君は、この一件、誰かに漏らしてはいないだろうね」

「もちろんです」

喜三郎はわざと顔色を変えてみせた。

「武士を疑うのですか」

「いや、怒らないでくれたまえ。これは当方、口がすべった」

根が単純な椿は、そう言われるとすぐに折れて頭を下げた。

「ともかく、用意の買い出しだ。一人では何だろうから、屋敷の小者を二人ばかりつける。これが」

懐《ふところ》から薄い紙片を一枚取り出した。

「必要なものの一覧だ。店の方にはもう話をつけてある。よろしく頼む」

喜三郎が袂《たもと》の鼻紙を二つ折りにして薄紙を挟む手元を見届け、椿はそそくさと出ていった。

(やれやれ、また嫌な事をやるものだ)

喜三郎は、今度は本物の欠伸をした。それから草双紙を衝立の裏に片付け、刀掛けから黒束《くろつか》巻きの刀をとった。戸口から外に出ると、縁台があり非番の同僚が二人、上半身裸でぼんやりと空など眺めている。水浴びでもしていたらしい。喜三郎も同じように見上げて、

「空が高いなあ」

「もう秋だ。かいだるい(懈《だる》い)のう」

髪を大髻《おおたぶさ》に結《ゆ》いあげた若い男が、合いづちをうった。かいだるい、というのは甲州の方でもごく一部の者が使う在所言葉だ。男は甲斐《かい》の博打《ばくち》うち祐天仙之助《ゆうてんせんのすけ》という者の子分である。喜三郎の属する二番組には他にも同じ経歴の者が四、五人いた。

「洒落者《しゃれもの》の旦那《だんな》がわざわざお越しとは、何事だ」

「椿さんのことかね」

喜三郎ものんびりと答えた。

「昨夜の忍び廻りで途中に寄った千住の『水油屋《みずあぶらや》』」

「ああ、女郎屋かい」

「店の者から椿さんに手紙《ふみ》を託《ことづ》かった」

「なんと、椿のお旦那《だんな》もやるじゃねえか」

大髻はけけけ、と奇声を発した。

「これを忘れて来た。椿さんは別くちで手紙の件を耳にして、大いにお腹立ちだ。『武士が託されたものを忘却するとは何事、これが戦場の密書なれば一軍の進退にもかかわる。今すぐにとって来い』と、こういうわけさ」

「すると、これからまた千住かい」

「面倒至極さ」

喜三郎は顔をしかめ、大髻はまた笑った。

「ま、ついでに馴染《なじ》み女郎の股《また》ぐらでも嗅《か》いでから帰ってくるこった」

大髻の隣に座った小柄な痘痕面《あばたづら》が、尻を掻《か》き掻き言う。

（こんな奴らと一緒に暮しているのか）

情無さと腹立たしさで喜三郎は口をへの字に結び、足早に長屋を出た。

椿の言葉通り、裏門に屋敷の小者が二人、大八車の梶《かじ》にぶら下って世間話の真最中である。

「馬鹿、そんな大きなものを曳《ひ》き歩いては目立つ」

喜三郎は車輪を蹴《け》っ飛ばした。

「屋敷のお仕着せも脱いでおけ」

小者の一人が頬《ほお》をぷっ、と膨らませ、

「けど、生多目様。これが無くっちゃあ何も出来ません。『荷物』が多過ぎて、とても二人の手では」

と言うところを見ると、すでに椿から仕事の詳細を知らされているのだろう。喜三郎は首を振り、

「俺たちはただ注文してまわるばかりだ。運ぶ仕事は先方がやる。お前たちはただ黙って俺について来ればいい」

袖《そで》をひるがえした。『市中取締新徴　組御委任《しんちょうぐみ》』と書かれた木札の下った裏門を潜《くぐ》り、外に歩み出た。

生多目喜三郎が『新徴組』に参加したのは、本人の弁によれば、文久三年四月の初めであるという。この点、他の江戸募集の浪士より若干遅れている。

彼が名簿に名を連ねた頃は隊名もただ『浪士組』であった。それがいかにも情無く聞こえるというので、京から江戸へ戻された頃には『三百人組』という名に変った。初めは総勢三百もいたのである。創設者で討幕論者の清河八郎《きよかわはちろう》が、関東一円を説き廻って集めるだけ掻き集めたために問題の多い人物も混っており、江戸市中取締、庄内《しょうない》藩主酒井左衛門尉《さかいさえもんのじょう》付属となった時、半数の百五十名に整理された。『新徴組』と命名されたのもこの時期である。

組の屋敷は最初、本所三笠町《ほんじよみかさ》にあった。小笠原大和守《おがさわらやまとのかみ》という大身《たいしん》の旗本屋敷が空きになっているのを幸い、隊士を荷物ごとここに詰め込んだが、いかにも狭い。そこで麹町《こうじまち》もちの木坂下にある田沼玄蕃頭《たぬまげんばのかみ》の屋敷へ引き移ることとし、出羽《でわ》国の公領二万七千石を維持費としてこれに当てた。

田沼屋敷は遠州相良《さがら》一万石。小藩といえども大名家だから造作も良い。隊士は、一階に二畳と六畳、二階に六畳、前には小振りの庭まで付いた長屋を与えられて、ようやく地に足つけた心地がしたという。

喜三郎も十戸で一軒の、長屋の端の方に居を構えた。独身者の平隊士は二人住いということで同僚と部屋を分けあい、一階の六畳に入ったがこれでもまだ楽な方である。家族持ちの中には子供が二人、三人という者もあり、後にそういった連中は屋敷の裏手に新しく仮小屋のようなものを建ててそこに移った。

喜三郎らの格式は伊賀者次席《いがものじせき》、二十五両三人扶持《ぶち》。これが家族持ちの平隊士は四人扶持、小頭は五人扶持、肝煎《きもいり》という二十五人頭になれば、同じ二十五両でも六人扶持になった。幕末の式制では一人扶持は米一斗五升のきまりで、まずは目出たい収入というべきである。その米も、独身者には面倒だろうと賄方《まかないかた》で日に三度焚《た》いて配った。隊の出自を同じくする京の新選組《しんせんぐみ》も隊士に毎日焚出《たきだ》しをしたというから、これは当時の諸隊の風習だったのであろう。

有名な子母澤寛《しもざわかん》の『新選組始末記』に、江戸新徴組の聞き書きとして、「三度三度食事は弁当で運ばれた。八寸ぐらいの四角な浅い白木の箱で、それに飯とおかずが入っている」

とある。ところがこの米の焚き方が悪い、こんなものが食えるかと隊士の間から不満の声があがった。普通米の飯は大きな釜《かま》で一気に焚いた方がうまいものだが、賄方も流れ者の仲間《ちゅうげん》あがりで物慣れていなかったのだろう。相談役の庄内藩士がためしに一口食べてみて、

「なるほど、これはひどい」

同情し、早速米の現物支給となった。独身者は非番の者が寄り集って井戸端で米を

研《と》ぎ小さな釜を火にかける。何ともうら悲しい自焚《じたき》風景が、昼刻ともなると屋敷うちのあちこちで見受けられたという。

こんな新徴組でも、一歩外に出れば狂暴な働きをする。

江戸市中見廻り、不逞《ふてい》浪士取締がその役割だが、もともと彼らの方が不逞の浪人あがりである。初めの頃は役目に名を借りてずいぶんと非道なこともした。

通常、彼らの出役は百名を昼夜の二組に分けて行なわれた。一組は昼九つ（正午）に出て夜の五つ（午後八時頃）帰隊する。もう一組は夕方暮六つ（午後六時）に出て暁八つ（午前二時頃）に戻る組である。この他に庄内藩の神田橋上屋敷に詰めて不意の出撃に備える非常詰《ひじょうづめ》、町なかを五人一組でだらだらとまわる忍び廻りというものもあった。

一番問題の多かったのが、この忍び廻りというやつである。

小藩の江戸詰、浪人、医師の手伝人風とそれぞれ好き勝手な格好をしてそこら中を見てまわる。彼らの懐には呼子《よびこ》一本と手のひらに入るぐらいの鑑札が一枚収まっている。将棋の駒形《こまがた》の木札で表に「酒井左衛門尉市中取締」、裏は「庄内藩」と焼印が押されており、これを忍び廻りは上手に使った。

岡場所の、羽振り良さ気な店にすっと入る。

「今日は懐もあったけえ。それどんどん持ってこい」

酒よ、肴《さかな》よ、寿司《すし》なら大皿と頼み放題頼み、さて頃合いとなったあたりでくだんの木札をそこらに放《ほう》り出しておく。

店の人間が拾って彼らの身分を知った時はもう遅い。市中取締の者が役目の途中で店に入るなどもってのほか。隊士はもちろん罰せられるが、受け入れた側も処罰される。店の者は恐る恐る木札を捧げて客の前に足を運び、

「まことに申し上げにくいことではございますが、今日のところは、まずこのあたりで御勘弁の程を」

隊士はじろりと見返して、

「当方は笠の台が飛ぶことも一向かまわんが、そうか、お前らはまだ命が惜しいか」

「へい、惜しゅうございます。ここは、こういったんお改め願いまして、お暇の折りにまたお越し願いとう存じます」
二、三度押し問答した後に、ならば折れてやろうと恩着せがましく言って席を立つ。あとには食い散らした皿や徳利が並ぶといった塩梅《あんばい》である。この手口が毎度の事となれば店の方もたまったものではない。中には本当に商売替えを考えるところもあったという。

二

生多目喜三郎は隊内で珍らしく、この類《たぐ》いの集《たか》りをしない人物として知られていた。見廻りの時に他の者が全《すべ》て岡場所にあがっても、彼ばかりは一人休息所に指定された本陣へ入り、冷たい弁当を食っている。

「つきあいの悪い野郎だ。もしかすると庄内藩の隠し目付かもしれねえ」

初めは警戒していた無頼漢あがりの隊士たちも、彼の口が意外に固いと知るや徐々に軟化し、終《しま》いにはただの変人として扱うようになった。

喜三郎にも言い分がある。親の代から浪人で幼い頃より極貧の生活を送ってきたものの、元は西国で聞こえた儒者の家柄。文字と礼儀作法にはひどくうるさい育ち方をした。新徴組参加のきっかけも、隊内に文章を操る者が少なくてはいざという時困る、という水戸《みと》浪士鯉淵太郎《こいぶちたろう》（隊幹部）の口説き落しにあったからである。

（俺は甲州の博打うちとは違う）

落ちぶれても家の意地というものがある、とその一点のみを守って文久以来働いてきた。もちろん喜三郎も若いから、時折やみくもに女が欲しくなることがある。そんな時は非番の日を見つくろって板橋宿の女郎屋に足をのばし、一人勝手にうさを晴らしている。

酒もあまり飲まない。

「あれじゃあ、銭が溜《たま》るだろうぜ」

聞こえよがしに言う者も多かった。長屋では自焚もするが、出動回数が多いために外食の金子を貰《もら》っている。これが月に二両というからまた豪勢なものである。隊の同志にはその金子を何とか算段して本所の辺に妾《めかけ》を囲う奴もいる。

喜三郎はこの銭を、彼の唯一の趣味に投じていた。道具屋めぐりである。爺《じじ》むさい遊びだが、時として掘出し物に出合うこともある。

彼が得意としていたのは主に刀剣で、錆刀《さびがたな》の山から姿の良さげなものを見つけ出し、懇意の研師《とぎし》に渡してはその出来上りを眺めまわし、

「これは当った、あれは外れた」

などと一喜一憂していた。前にも書いた通り当人は貧乏育ちで、身近に名刀の揃った家でもなく、また刀剣の鑑定《めきき》など誰に習ったわけでもない。それはもう天稟《てんぴん》とでもいうべき才で、喜三郎自身純粋にそのあたりを楽しんでいた。

上層部は迂闊《うかつ》にも彼の「特技」を見逃していた。気付いたのはかなり後になってからである。

ある冬の夜、喜三郎は庄内藩上屋敷の非常詰に当った。不寝《ふしん》の役だから隊士たちは屋敷内の道場に溜り、交替でざこ寝するきまりになっている。

喜三郎は仲間が寝静まった後、一人道場の隅《すみ》で刀の手入れをしていた。そこに隊の幹部椿佐《さ》一郎《いちろう》が通りかかった。

（ほう、感心なものだ。流石《さすが》、浪人の子だな）

椿は目を細めて灯火の脇にいる喜三郎を見やったが、そのうちあることに気付いて愕然《がくぜん》とした。

蠟燭《ろうそく》の光に反射する喜三郎の刀の、その光が尋常なものではない。遠目に見ても地《じ》鉄《がね》、刃文ともに美事であった。

「生多目君」

思わず椿は灯火の前に走り込んだ。

「その刀」

「ああ、これですか」

道具屋の店先に白鞘《しらさや》のまま放り出してあった。抜いてみると何やら怪しげだが、形は好もしい。ためしに研ぎに出すと、研師がしきりに感心して、十両で引き取りますがいかがでしょうという。あまり熱心に言うものだからこちらもだんだん惜しくなり、ついに拵《こしらえ》を頼んで自分の佩刀《はいとう》にした。腰にしてみると重さも手頃で丈もちょうど良い。

「君はこれを何と見たかね」

椿は聞いた。

「反りが七分程、地鉄は板目《いため》が柾《まさ》がかり、しかも直刃《すぐは》に互の目《ぐめ》混り」

磨《す》り上《あ》げて無銘だが、まずは江戸鍛冶で河内守包定《かわちのかみかねさだ》・包家《かねいえ》あたり、と喜三郎は自分の読みを述べた。

（この男、惜しい）

椿は腹の中でつぶやいた。書籍の知識も人並外れた審美眼もあるのだが、いかんせん、実物に出合う機会がなかったためにそのことごとくが上滑りしている。もっともこの時代、名代《なだい》の刀屋、研師でも名の付いた刀を眼《め》にする機会はめったにない。御出入りの大名家で時たまそれに接する機会があると、眼福と称して店を閉ざし、赤飯を焚いて祝う習慣さえあった。

「生多目君、鑑定のきまり言葉に『良品は上へ持ち上げて見ろ』という。知っているかね」

「知っています。良いとわかったら品物の格を高くして見よ、という意味です」

「そうだ、私の見るところ、包定の代よりさらに遡《さかのぼ》る。板目流れて柾目がかった鍛えに地沸《ちにえ》が良くつき、肉置《にくおき》も結構なものだ。この刀は」

　椿は、ずばりと言った。

「『大和国尻懸住人則長《やまとのくにしっかけのじゅうにんのりなが》』だろう」

「えっ」

　大和則長といえば手掻包永《てがいかねなが》、当麻国行《たいまくにゆき》、保昌貞吉《ほうしょうさだよし》、千手院康重《せんじゅいんやすしげ》と並んで大和五派の名人を代表する、鎌倉末期の刀匠である。

「まさか」

　喜三郎は言葉を失った。百姓家の屋根裏から名刀が出た、行き倒れを助けて礼に貰ったボロ刀が出世したなどという話はよく聞くが、その十中八九は講釈師の張り扇《はりおうぎ》から出たうそである。世の中それほど甘くはない、という程度の認識は彼にもある。

　椿は刀身の下から上へゆっくりと視線を動かして、

「この刀、求めた場所は」

　尋ねた。

「愛宕下《あたごした》の日蔭町《ひかげちょう》と言いたいところですが、その隣の芝口《しばぐち》」

　日蔭町は江戸でも知られた刀屋の町だが、芝口にはどういうわけか一軒も無い。

「刀屋ではありませんよ。諸道具商いの『濃州屋《のうしゅうや》』という間口の小さな……」

　椿にも心当りがある。品川辺で懐のさびしくなった遊び人の持物を買い取ったり、漁師の網にかかった『海あがり』の陶器を売ったりしている小店《こだな》である。

「初めは白鞘といったね」

　念のために聞いた。喜三郎はすらすらと、

「それが常の白鞘より太く、目釘穴《めくぎあな》も無いいたってがさつな造りでした。鎺《はばき》の方は、これは感心にも木鎺です。もちろんそれらは拵を作る時に捨てましたが」

「わかった」

　それは棒鞘《ぼうざや》に違いない。大名家や富裕の大庄屋などが古刀を保存する際、よくそのような鞘を使う。

「察するに良家の者が江戸へ出奔《しゅっぽん》するとき、家の倉から由緒も知らずに持ち出し、邪魔になって売り払ったのではないか。当節、その手の若者が多く、ために名刀の散逸が激しいと聞く」

「十両で研師に売らなかったのは幸いです」

「虚心に勤めた君の徳というべきだろう」

　椿は自分の佩刀を取って喜三郎の前に置いた。

「ああ、あの店なら」

「これを代りに、しばしそちらを当方に預けてはくれまいか。いや、私《わたくし》するのではない。刀の格としては、隊の公用品が望ましい」

隊幹部にそうまで言われては断わりきれぬ。平隊士の辛《つら》いところだ。しかし、椿は衣装道楽の者だけに佩刀の拵も上々。柄を萌黄《もえぎ》色に巻いて銀のふち頭《がしら》、鍔《つば》は金銀で秋の七草を彫っている。抜かずに差すだけなら、こちらの方が押し出しは良い。後で刀身を改めてみると大乱れの相州伝《そうしゅうでん》、美濃介直胤《みののすけなおたね》で、これもまずまずの作である。

数日して喜三郎は五人組の小頭格に出世した。正式な昇格ではないが扶持の数だけは二人分増えた。

「野郎、うまくやりやがった」

例の祐天の子分どもからたちまち、やっかみの声があがった。

(僅《わず》か京枡《ます》三斗の違いだろうに)

喜三郎は馬鹿馬鹿しくなった。が、上司の受けも格段にあがっている。隊内一の学者とうたわれた薗部為二郎《そのべためじろう》なる者が、鑑定名人と触れてまわったため庄内藩江戸詰の公用人にも彼の名は知られた。

そのうち、事件が起きた。最初は喜三郎と何の関係もない。

別組の二番隊士に中村健二郎《なかむらけんじろう》という使い手がいる。この男も刀好きで『関《せき》のがんまく』と呼ばれる美濃《みの》鍛冶二尺四寸一分の豪刀を所持して名が売れている。それが晩秋のある雨の夜、忍び廻りに出た。同僚の中沢良助《なかざわりようすけ》というクセのある男と二人、吉原のあたりを巡察して浅草にまわり、芝居小屋で名高い猿若《さるわか》町に出て一丁目の自身番に、

「休ませてもらうぜ」

一声かけて入った。雨のおかげで唇が変色するほど冷えきっている。番太が気をきかせ、町内のうどん屋から熱いやつを取った。

「これはありがたい」

七味《なないろ》をかけて、さて食べようとすると、

「押込みでございます」

町内の酒屋から人が走って来た。雨夜の強盗というありがちなやつである。二人は刀の下緒を外して手早く襷《たすき》をかけ、袴《はかま》のもも立ちとってかけ出した。酒屋の前まで来ると、暗い屋内から人影がぬっ、と現われた。雲つくような大男でしかも坊主。

「この化《ばけ》入道が」

中村が刀の柄を反らせるや、たちまち一太刀浴びせた。大入道は肩口に一撃食ったがひるまずに向ってくる。相手の刀をすりあげてもう一方の肩に打ち込んだが、何と

したことか自慢の二尺四寸一分が物打ちのあたりから音をたてて折れた。

二人ともぞっ、とした。化入道とは口を突いて出た言葉だが、まさに本当に刀を跳ね返す妖怪《ようかい》とは思わなかった。

中村がひるむ隙《すき》に坊主は身をひるがえして雨の中に消えた。

「『関のがんまく』が折れるとは奇怪だ」

とりあえず近所を叩き起して酒屋の様子を見た。通報が早かったためか、とりたてて言う程の被害もない。自身番に戻ろうとすると附近《ふきん》の者がやって来て、

「向いの軒下に大きな坊さんが倒れています」

そいつだ、と龕灯《がんどう》の火を頼りに行ってみると、なるほど大柄の坊主が唸《うな》っている。

自身番に引きずっていって改めた。初太刀はきれいに肩口へ入っている。反対側の肩が重いのでそちらを見ると、法衣の下に鉈《なた》を隠し持っていた。柄に縄をかけて背に負っていたのである。肩へ突き出した刃先に物打ちの跡があって、これが『関のがんまく』切断の原因と知れた。

「押込み先の大戸を、これで叩き割るつもりだったのだろう」

中沢が鉈の厚みを指先で計った。棟区《むねまち》二寸五分もある大鉈だった。怪僧の方は肩口の傷が致命的で、喉《のど》の渇きをしきりに訴えながら明け方近く息が絶えた。その正体は

ついにわからない。

大坊主討ちの一件は、翌日、江戸中に知れ渡った。

「新徴組もなかなかやるじゃねえか」

彼らを強請《ゆすり》の集団とばかり思っていた町民たちも、これで少しは見直した。中村と中沢には御預り元の庄内藩から褒美の沙汰《さた》があり、出かけてみると三方《さんぽう》に乗った酒井家の紋入り扇子が一人二本ずつ。

(なんだ、こんなものか)

と二人は思った。ただし中村の方には別に目録が付き、開いてみると金七十両とある。

『関のがんまく』破損料であろう。七十両あれば、かなりの刀が手に入る。

ここまでは良かった。その後の話が悪い。

「うまいことやりやがって」

例のやっかみがまた隊内に飛び交った。坊主一人斬《き》ったぐらいで七十両とは貰い過ぎだ、というのである。悪口は中村の佩刀にも集中した。

「美濃だか唐傘だか知らねえが『関のがんまく』も名前ほどに働かねえやつよ。野鍛冶の打った鉈一本斬れねえとは」

無茶な悪口を言った。博徒あがりの者は刀の何たるかを知らない。名刀と言えば、やれ「石灯籠切《いしどうろうぎり》」虎徹《こてつ》だ、「鉄砲切」兼光《かねみつ》だと寄席の講釈を基準にして物を言うのである。自然、喜三郎の預けた大和則長にもそれが飛び火した。

「あいつも実は、たいしたことはねえんじゃねえか」

というのである。これにはまず隊幹部が当惑した。

「まずい噂《うわさ》がたった」

上層部は額を集めて協議した。なにしろ今は則長も出世して、肝煎取締格の者が外出時に差す公用刀である。拵も黒糸柄、黒塗鞘の裃差《かもしもざし》に変り、武士の威儀を象徴するものになっている。

「隊内に悪口《あっこう》禁止令を出そう」

意見が出たが、

「それよりも、ここは」

と別の案を出した者がある。新徴組二番隊肝煎取締で、庄内藩から扶持の他に百石を賜っていた山口三郎《やまぐちさぶろう》という医師あがりの男である。

「正しい方法で刀の汚名を晴らしたほうが良い様に思われる。大和則長が本物なら、試《ため》しをすべきだ」

刀は人体を切断するものである。石だ鉄だと子供じみた事を論ずる奴原《やつばら》に、正しくものを教えることも隊内教習のひとつだろう、と言った。この山口は後の慶応四年、江戸に官軍が入る直前の一橋開成所諸藩会議において、

「幕府の旗こそ真に正しく、西から来る錦旗《きんき》は越中褌《えつちゆうふんどし》と同等のものに候」

と火の出るように論じ立てた男である。結局皆、山口の意見に同調して、

「早速に支度を。ただし、内密に」

江戸御朱引内の試し斬りは許可をとらねばならない。が、嘆願書を出せば刻《とき》が移る。隊の内情も外に聞こえてしまうだろう。

「場所はこの屋敷内で。なに、異人来航以来、こういうことはどこの大名屋敷でもやっていることだ。椿君、君が責任者となりたまえ。助け役は……そうだな、刀の手前、生多目君がいいだろう」

山口の命令に椿佐一郎も大きくうなずいた。

三

助け役といっても、つまりは必要な「道具」を買い揃え、場所の造作を指導するだけである。実際には屋敷の働き者（仲間小者）が額《ひたい》に汗してそれをする。

もちの木坂を出た喜三郎は、途中で駕籠《かご》を雇った。まず神田佐久間町《かんださくま》のこれも懇意にしている刀屋に寄り、椿が頼んであったものを受け取った。

「これでございます」

刀屋は袱紗に包んだ細長いものをうやうやしく広げてみせた。

木の香も新しい刀の柄である。堅木《かたぎ》の左右を楕円《だえん》に削り、鍔元、目釘下、中央部に三つの厚い鉄環がはめられている。目釘穴は二つ開いていて、他に頭へ竹の大きな釘が打たれていた。見た目は小脇差程もある。

「材質は樫《かし》に相違ないな」

「全て据物斬《すえものぎ》りの口伝通りでございます」

刀屋の老主人は、瘦《や》せた頰のあたりをひくつかせた。

「御指定の通り、柄の長さ一尺、少し平《ひら》みにして太目に切りました。鍔の方も」

「いや、鍔は当方で用意している。中心《なかご》の心地は」

事が事だけに刀身を持ち込むわけにもいかない。中心の削りも喜三郎が自ら写しとった墨形《すみがた》（拓本）によって頼んだ。

「そちらの方もまず間違い無いと存じます」

喜三郎は新徴組の会計方から預っていた金子の包みを二つ出して、刀屋の前に置いた。

「これはその方に。もうひとつは白鞘師に礼として渡してもらいたい」

「また過分な」

半分は口止め料である。袱紗ごとまるめて帯に差し、出ようとすると、

「生多目様」

刀屋は小声で呼びかけた。

「銘をお切りになられる際も、ぜひ当店に御申しつけ下さいませ」

試し斬りをした刀は普通、裁断銘《さいだんめい》というものを中心に彫る。斬り様や斬り手の名を金象眼で入れて値打ちをつけるのである。この彫りの周旋料も刀屋の良い収入になる。

「考えておく」

喜三郎は言い捨て駕籠に乗った。

あとは上野・下谷《したや》と通って千住に向う。途中、吉原に行くと見せて山谷堀の手前で百姓地の細道に入った。

伴《とも》の小者に前後を進ませて、時折駕籠を止め、あとを追う者の有無を確めさせた。無名の新徴組隊士をつける暇人などいるわけもないが、念には念を入れた。

俗に田中と呼ばれる裏道を抜け、仕置場近くの六地蔵まで来ると男が一人立ってい

る。

縞《しま》の単衣《ひとえ》を着ていた。古着屋の手代によくいるような、腰の低い実直そうな若者である。

「まことに恐れ入ります。新徴組のお方で」

小塚《こづか》っ原《ぱら》の差配の使い、と名乗った。喜三郎は駕籠を降りた。若者は近くにある小川の土橋に彼を誘《いざな》った。

「こういう話は橋の上でするもの、と古くからの掟《おきて》で定められております」

「そうか」

喜三郎は反古紙の袋に入れた金子を手渡した。若者は丁寧に金額を確めて袂に収めた。

「お約束の額でございますね」

「では、受け取ろう。案内してくれ」

「え」

「手ずから運ぶというわけにも参らぬが、運ぶ途中で荷改めでもあったら面倒だ。俺が付いていく」

若者は、初め喜三郎が何を言っているのかわからないといった風で、しきりに首をひねっていたが、ぽんと膝《ひざ》を叩いて笑い出した。

「ああ、そういうことでございますか。いえ、御心配は御無用に。蛇《じゃ》の道はヘビでございます。今頃は差配の別の手が、御屋敷に御運びしてございましょう。私はここで御宝《おたから》を受け取るだけの役で」

では御免下さいまし、と頭を下げ足早に行ってしまった。狐につままれたようでしばし喜三郎は立ち尽していたが、少し不安になった。ただ約束の場所へ立っていた、というだけの理由で見知らぬ男に十両近い金を渡してしまったのである。引き代えの証文も無い。

（まあ、いいか）

「おい、軽く終ったぞ」

駕籠のところに戻って、小者二人に言った。

「お互い気持ちの悪い荷物の守りは、せずに済んだ。よかったな」

喜三郎の話を聞いて小者の顔にも安堵《あんど》の色が浮んだ。彼らとてこの役を嫌っていたのである。

麹町もちの木坂下に戻ると、すでにその「気持ちの悪い荷物」が届いていた。

裏門で待っていた椿佐一郎が彼の労をねぎらった。

「御苦労」

「一刻ばかり前に、小塚っ原刑場の使いと名乗る者どもが荷を運び入れた。親切にも土壇《どだん》まで築いていったぞ。諸事手慣れている」

喜三郎の持ち帰った試し斬りの柄を早速、奥に持ち込んだ。

「良い。中心のくり抜きも、これぐらい空間《あそび》のあった方が良いようだ」

鉄環を外し、二枚に開いた柄に抜き身の大和則長を合わせて椿は喜んだ。

「こういう機会は一生涯の内に数えるほどもあるまいから、君にも教えておく。試しの刀は、釣り合いの良さを第一とする。二尺以上の刀は柄を九寸より一尺。九寸五分より一尺三寸までの脇差では、一尺四寸と長く作る。逆に二尺八寸を越える太刀では柄を八寸に切るのが正しい」

試しの前で興奮しているのだろう。椿はひどく饒舌《じょうぜつ》であった。

「鍔も、柄の重さを考慮する」

椿の私物である武骨な銅の鍔を畳の上に並べ、特に小振りなものを選んだ。その重さを手の内で計りながら喜三郎に、

「少し反りのあるものがいい。刃の方を厚く、みねは薄く作るものが適している」

説明した。どうやら、この男は日頃より試しの機会を狙っていたようだ。鍔を自前で揃えているのが何よりの証拠であった。

（血に飢えているのか）

喜三郎は常識家である。人変りした椿に不気味なものを感じた。椿はまた、こんな歌もうたった。

〽打ちつくる太刀は柳の枝なれや
　末におもりの有ると知るべき

斬り技の心得歌という。据物斬りはとにかく一に刀の釣り合いなのだろう。

「行こうか。土壇は裏の古井戸脇に仕つらえてある」

目釘を入れて刀を整え、立ち上った。彼の膝頭が少し震えているのも喜三郎は見逃さなかった。

裏の空地に、どこから持って来たものか無紋の白い幕が長々と立てまわされていた。

土壇は幅二尺、横一尺ばかりの台形である。左右に二本ずつ青竹が立てられ、上に丸く菰《こも》が被《かぶ》せてある。青白いものが端からのぞいていた。それこそが例の「荷物」であろう。

小者が手桶《ておけ》をいくつも並べ出した。白砂が地面にぶちまけられ、山に盛られた。椿はいったん喜三郎を待たせてどこかに消えたが、すぐに幕の内から出て来た。鉢巻をして上半身は裸。袴もはかず、下着を腰帯のまわりに巻きつけ毛脛《けずね》も見せた異様な姿である。これは血を浴びても良いように作っているらしい。足元は、と見ればこれは滑らぬ用心なのか、素足に足半《あしなか》という小さな草履をはいていた。

「では、やろう」

椿は幕の内に声をかけた。驚いたことに同じ姿の者が後二人登場した。大坊主討ちで褒美を貰った中村健二郎と中沢良助である。

「菰を外せ」

竹の棒の間に妙な形のものが見えた。巨大な蛙の生干《なまぼ》し、と言った方が良さ気なものである。死骸《しがい》はふたつあった。

菰を外していた小者二人が、うっ、と口を塞《ふさ》ぎ幕の向うへ逃げていった。

椿は舌打ちし、喜三郎に向って、

「これだから仲間小者は当てにならぬ。生多目君、手柄杓《てびしやく》の役を頼む」

喜三郎はやむなく手桶を持って土壇の前に進み出た。

嫌な臭いが鼻をついた。首の無い死骸の、その斬り口に蠅《はえ》がたかり始めている。刑場でしばらく穴に埋めていたのか脇や股の間に泥がこびりついていた。

「最初《はな》から二つ胴でやるのですか」

中村が椿に尋ねた。この男も興奮で両眼が吊《つ》りあがっていた。

「大坊主を斬った君だ。大丈夫、やれるだろう」

まず私が手本を示す、と椿は白砂の山に刀を差して寝刃《ねたば》を合わせた。

「水」

喜三郎は柄杓の水を刀身にかける。

「初めは摺付《すりつけ》(肩口)。次に毛無《けな》し(脇毛の上)、三の太刀は脇毛。そこで刀の脂《あぶら》を拭《ぬぐ》い胴に行く。よろしいな」

椿は土壇の前に出て、不思議な動きをした。足を揃えて直立し、両手を大きく広げて上にもっていく。刀は頭上に高々とかかげ、呼吸を整えた。

「何です、それは」

中村が鋭く問うた。おどけていると思ったのであろう。椿はにこりともせず、言った。

「道場の打ち込みのような形では、土壇の胴は斬り離せぬ。試しの型はこのようにする」

刀の物打ちを死骸の上に当てて何度も間合いを測った。

「いざ」

大和則長を大きく振りかぶり、御辞儀でもするように腰を前方に深々と折り曲げた。

頭上にかかげた刀はそのまま真っ直ぐ土壇へ振り下ろされる。

鈍い音とともに血が飛び散った。鍬《くわ》の柄《え》で泥田を打つような低く呪《のろ》わしい音である。

音は三度、たて続けに聞こえた。

喜三郎は眼を閉じている。

(こんなことのために、俺は刀の鑑定を覚えたのではない。腐肉を斬るために刀を探し求めたのではないのだ)

口中でつぶやき続けた。

「水」

椿が言った。

「水だ、生多目君。何をしている」

喜三郎はあわてて土壇に駆け寄った。

椿の腰から下は、血とも膿《うみ》ともつかぬもので汚れきっていた。

喜三郎の目前に、あの大和則長が人脂を含んでたれ下っている。

「早く水をかけてさしあげろ。臆《おく》したのか、生多目」

中沢良助が黄色い歯を剝《む》いた。野犬のような歯だ。喜三郎の身体中《からだじゅう》が、かっと熱くなった。

「次の胴は、ぜひとも自分に」

柄杓を捨てて立て膝をついた。なぜそんな言葉を口にしたのか、あとになって思い返してみてもよくわからない。人知の境《さかい》を越える、とはそのことを言うのだろうか。

「いいだろう、君はもとの持ち主だ」

諸君らも異存あるまいな、と椿が中村らを振り返った時にはすでに、喜三郎は袴の緒を解き始めていた。

喜三郎は小半刻《こはんとき》ばかり頭のとれた肉の塊に刀をふるい続けた。肉片は四方にばらまかれ、ふたつの胴体は生木を鉈で叩き割ったような惨烈な形に変った。

生多目喜三郎その性、実《じつ》は狂暴。

試し胴の後、隊内でささやかれた。新徴組の中で「狂暴」は一種褒め言葉である。口汚く罵《ののし》っていた甲州博徒も喜三郎を立てるようになった。

刀も無事である。普通、喜三郎のような素人が荒い胴打ちをすれば、固骨《かたぼね》に当てて刃が零《こぼ》れるか捲《めく》れるものだ。が、物打ちの辺は冴《さ》え冴《ざ》えとして何事もない。峰に少し曲りは出たが、これとて人脂を拭い、一刻も寝かせておくと元に戻った。地金の張力が優れているのだろう。

元寇《げんこう》の後に作られた刀はやはり違う、と新徴組の上司も手放しの喜び様であった。研ぎが終ると、椿はそれを手に非番の喜三郎を尋ねた。出来上りの具合を確認してもらうためである。

喜三郎は衝立の陰にいる。また草双紙を読んでいるのか、と椿がのぞき込むと感心にも刀の手入れをしていた。椿の佩刀であった直胤に打粉をかけ、使い古した手拭いで丹念に刃を拭っている。

「出来を」

喜三郎は縁側の障子をさらに広く開け、椿の差し出す刀を無造作に抜いた。

しばし見つめた後、おもしろくもなさそうな顔で鞘に収め、一礼して戻した。

「何か思うことは」

「良い研師ですな」

「それだけか」

椿は拍子抜けした。あれほど試し斬りに激した男が、その程度の感想しか口にしない。

「帰る」

出口に戻りかけると、

「椿さん」

喜三郎が畳に視線を落したまま呼びかけた。

「何だね」

「頭の無い胴は、遺骸と名づけるべきなのでしょうか」

「ふむ」

椿は少し考えて、

「古来、首は首級《しるし》と言って、その者の目印に過ぎない」

「やはり胴は大事なのですね」

「そうとも言えまい。戦場《いくさば》においては首を獲って後の胴も、よほどのことでないかぎり打ち捨てが定めだ」

喜三郎はゆっくり顔をあげた。

「首は印に過ぎず、胴も塵芥《ごみ》同然。では侍の尊厳とはどこにあるのでしょう」

「私は蘭方医や禅坊主ではないよ、生多目君」

椿には喜三郎が、自分の言葉尻を捕えて因縁をつけているように思えた。

「生身の身体を斟酌《しんしゃく》するなど、武士には無用の事だ。要は魂」

「魂とは」

「知れたこと、これだ」

手にした刀の柄を叩いた。

喜三郎は、まだ何事か考えている様子だったが、その後しばらくして隊を脱走した。すぐに追手がかかった。が、たくみにこれを避けて青梅《おうめ》に走り、御岳山《みたけさん》の御師《おし》に匿《かくま》われて御維新を迎えた。御師たちは彼の学問を惜んでこれを助けたという。

新徴組は庄内藩とともに東北各地を転戦し、やがて瓦解した。椿佐一郎は官軍内通者と疑われ庄内で入牢《じゅろう》し、明治三年出獄後に暗殺された。その死骸も出なかったという。

喜三郎は逃げ時を心得ていたというべきだろう。維新の後、この男は青梅で和菓子屋になった。後年、人がその話題を口にすると、

「いや、俺は刀と血に飽いたのさ」

恥かしそうに言うばかりだった。彼が世に出した大和国尻懸住人則長は、庄内を出て愛刀家の間を転々とした。後、帝国憲法起草の功労者金子堅太郎《かねこけんたろう》伯爵の所持に帰したが、昭和二十年三月の東京大空襲の際、行方不明となった。

名作鐔紹介①

鐔の歴史

打刀様式の日本刀に鐔が付くようになったのは、南北朝時代から室町時代だった。すべての刀に鐔が付くようになったのは大坂の陣前後と言われている。「鐔《つば》迫《せ》り合《あ》い」「切羽詰まる」という慣用句にも現れるが、日本刀の場合は刀を握った手を護るという防御用途よりも、攻撃で突いた時に自分の手が刃の方に滑って怪我をするのを防ぐためというのが大きい。

鑑賞においても、鐔は刀装具の一つとして重視されている。戦国時代・安土桃山時代には鐔に装飾性を持たせようとする流れが加速し、鐔に用いる図柄や構図、あるいは、地金や象嵌に用いる金属なども多様化して、美術品としての評価を高めていくこととなる。

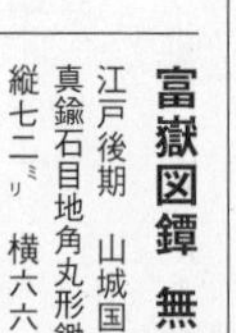

富嶽図鐔　無銘　大月派

江戸後期　山城国

真鍮石目地角丸形鋤下高彫銀色絵打返鋤残耳

縦七二ミリ　横六六・五ミリ

天を突くように聳え立つ富嶽を描いた作で、大月派の手になるものと鑑みられる。障泥《あおり》風に上部の狭い角丸形の造り込みになる真鍮地は、総体に渋い色調で、表面には腐らかしによる独特の網目状の文様が窺いとれ、これも真鍮地金の作品を楽しむ隠れた要素。鋤き下げた富嶽の背後は石目地仕上げで裏面に連続し、近景として採り入れた松樹の健やかな様子が、富嶽とも絶妙の調和で石目地に浮かび上がっている。松の金と富嶽の銀色絵が過ぎることなく活かされている。

越前守助広

艶刀忌

赤江 瀑

赤江瀑（あかえ・ばく）
1933年、山口県生まれ。放送作家としてテレビドラマなどを手掛けた後、70年「ニジンスキーの手」で第15回小説現代新人賞を受賞。74年に『オイディプスの刃』で第1回角川小説賞、84年に『海峡』『八雲が殺した』で第12回泉鏡花文学賞を受賞。古典芸能や伝統工芸の世界を描いた耽美小説を得意とする。2012年逝去。享年79歳。

一

細棹《ほそざお》の三味線が、一本、畳の上に投げ出されている。

障子の外は雪だった。

磨きこまれて赤みを帯びた胴は花櫚《かりん》、棹《さお》は紅木《こうぎ》で、転手《てんじん》の黒檀《こくたん》の糸巻きも使いこまれた地艶《じつや》の色がしっとり脂の乗った感じに手馴《てな》じんで、四《よ》つ乳《ぢ》の猫の皮張りといかにも釣り合いがとれている。

布目に手擦《てず》れの跡の目だつ古びた錦《にしき》の胴掛《どうが》けも、古びたところがかえってこの三味線には似つかわしく、風味があって、なまめかしい。

部屋の隅の卓袱台《ちゃぶだい》には、おせち料理の盛られた小さな重箱が一重ねひろげられ、食べかけのごまめが小皿のふちからこぼれている。火鉢の五徳《ごとく》にかかったやかんで燗銚《かん》子の酒が沸《に》えたぎり、そのかたわらには一升壜《びん》も栓の開けっ放しのまま置かれている。

祝子は、お座敷着の帯も解かず尻《しり》からげにした恰好《かっこう》で横座り、卓袱台に頭を落として酔いつぶれていた。

まだ日は高く、硝子《ガラス》戸越しに風に舞う雪のひらはきらきら輝き、眩《まぶ》しかった。

「祝子はん。おってかねえ」

廊下の外で声がする。

夢うつつで、その声を祝子は遠くに聞いていた。

「郵便だよ、祝子はん」

綿入れの袖《そで》なしの背をまるめ、大家《おおや》の女主人が一枚の封書を持って入ってきた日も、正月だった。

確か、まだ松の飾りのとれない内で、小雪のちらつくような日だった。

新年の宴会座敷を三つ四つまわって帰ってきたばかりのところで、祝子は帯を解きかけていた。

「冷えるわねえ、この部屋は。ストーブお買いよ」

「炬燵《こたつ》でたくさん。火鉢もあるでしょ」

「どうだろねえ。いまどき、火鉢で、炭焚《た》いちゃって。ストーブのほうが、よっぽど安くあがるのにね」

「だから、ぜいたくしてるんじゃない。一年に一度、お正月の、せめて松の内くらいはさ、昔ながらに、火鉢に炭。ほっかりして、いいもんよ。ああ、日本人って、しみじみ思うわ」

「毎年同じこと言ってるよ」

「そう。これが、わたしの楽しみなの。お正月に火鉢を出して、炭火を埋《い》ける。七ヶ日のぜいたくよ。あとは、炬燵がありゃあ、たくさん」

「倹約、倹約」

「そう。ほんとよ、世の中不景気よ。一年に一ぺんのお正月じゃない。三味線呼ぶくらいのお座敷なら、形だけでもいいじゃない、お祝儀のシュの字くらいは、つけたらどう？」

「つかないの？」

「まるで。てんで。影もないわ」

「稼ぎどきだっていうのにねえ」

「火鉢の炭代も出やしないわ。おお寒《さむ》。ほんとに寒いわねえ」

祝子は手早く着替えながら、火鉢のそばへ寄り、炭箱から良質の切り炭を火箸《ひばし》にはさんでつぎ足した。

「どうぞ。炬燵に入ってちょうだい。いまお茶いれるわ」

「いいわよ。わたしがいれるから。それよか、早く着ちゃいなさいよ。見てるだけでも、そんな恰好、風邪引きそう」

「郵便だって？」

「そうよ。これ、どういうの」

「どういうって？」

「ま、いいから、すんだらこっちへきてごらんよ」

大家は、封筒を炬燵の上に置き、改めてその裏書きを、しげしげと見直した。

「日本美術刀剣保存協会……」

「なによ？」

「なにって、そう書いてあるのよ。印刷してあるの。刀剣保存協会事務局。まちがいないわ」

「事務局？　どこの」

「だから、刀剣……」

「トウケンて？」

「刀よ」

「カタナ？」

祝子は、ふだん着に着替えてもどってきた。

わけわからなさそうに、

「どれどれ」

と、その封筒を手にとって、一度表書きを確かめ直し、再び裏を返して、首をかしげた。

「ほんとだ。なんだろ。わたし宛《あて》だわよね。東京都渋谷区代々木4丁目××番×号。財団法人日本美術刀剣保存協会事務局――。知らないわよ、わたし、こんなところ」

言いながら、祝子は封を切った。

白い事務用の便箋《びんせん》紙が三枚入っていた。

けげんそうに読みはじめた祝子の眼《め》が、しかしその文字を追うにつれ、せわしなく動きはじめ、顔つきも引き締ってきた。

祝子は、二度、性急に、その文面を読み返した。

そして、思わずとめていた息を吐き出すような溜《た》め息《いき》をつき、しばらくその眼は紙面から離れなかった。

「ちょっと。祝子はん。どうしたのよ。ね、なにごと？　なんて書いてあるのよ」

「ん？」

祝子は、ゆっくりと眼をあげて、やっとわれに返ったような顔にもどった。

「ほんとかしら……」

「だから、なにが」

「信じられない」

と、また呟《つぶや》いた。

その日、矢吹《やぶき》祝子が読んだ一通の封書の文面は、次のようなものだった。

――前略。昭和二十五年六月一日付で、貴殿がM県警察本部へ調査依頼方を申し出られた刀剣一口《ひとふり》、銘・越前守《えちぜんのかみ》助広《すけひろ》（身長二尺三寸四分、反り四分、地鉄《じがね》小杢目《もくめ》、刃文《はもん》濤瀾刃《とうらんば》）の件について、当時、国立博物館内に内設されておりました当協会へも照会があり、以後、貴殿添付の押形《おしがた》と共に申請資料は、当協会でも保存し、折あるごとに探索これ心がけてきましたが、残念ながら、行方不明、また該当する物件の情報らしきものもなく、いたずらに長年月が過ぎました。

なにしろ、助広は延宝年時の名工。刀剣史上、新刀の最上位に並ぶ刀匠《とうしょう》です。無論、現存登録されているこの人の名刀は数あります。しかしながら、貴殿が添えられたこの刀の押形を見ます限り、もしこの助広が出てきますなら、あるいは指定物かとさえ胸躍らされる、『重要刀剣』、『重要美術品』クラスの逸品ではないかと思われます。

それにつけても、大戦後のこうした刀の紛失ケースは数えきれなく、日本刀剣愛好者のわれわれとしては、切歯扼腕《せっしやくわん》の思いがしておる次第です。

さて前置きが長くなりましたが、本状は公式のものではありません。内々に、早急に拝眉《はいび》を得て、貴殿にご相談申し上げたき儀が、このたび突然出来《しゅったい》いたしました。

書面ではなにぶんとも不行届きですが、実は貴殿お探しの助広に酷似する品が、過日、T県の某氏より発見申請され、当協会がその鑑定にあたりました。文字どおり偶然の事件ですが、貴殿差し出しの押形に八、九分どおり酷似する点が見逃しできず、是非ともご確認いただきたく、ここにお知らせ申し上げる次第です。

新申請者である某氏にも、この旨、内諾は得ておりますが、刀の入手経路については不明瞭《めいりよう》な部分があって、その方の追跡調査は不可能です。念のため、書き添えますと、件《くだん》の某氏は、この刀を某刀剣商より価格・八百万円で買い入れたものです。その刀剣商がどこから入手したのかが、辿《たど》れません。この種のルートには、いろいろ彼等にも商売上の秘密があって、追跡は不可能です。つまりこの助広は、登録証なしのヤミの刀として、世間の表には出ずじまいに動いていたのです。

貴殿の場合のように、戦後の刀剣狩りで、強制的に警察力を駆使し、没収同様にして全国からかり集められた刀剣類には、不幸にしてこの種のケースは、まだまだ山とあることでしょう。さいわい、貴殿は、刀剣のいわば指紋とでも呼ぶべき、身《み》許《もと》証明書代りになる正確な押形を、事前にとっておられたから、こうした時に役立つことになったのです。

思えば、米軍占領下、刀が貴殿の手許《てもと》を離れて持ち去られてより実に三十数年。貴殿も諦《あきら》めておられたでしょうが、偶然の発見とは言え、このたびのことは、僥倖《ぎょうこう》と思うほかはありません。そうした意味でも、是非ご来駕《らいが》をお待ち申し上げております。

尚、本状は、M県警察本部への調査申立て当時の住所に貴殿のお住まいなく、その後ご移転、転入先など、当方にて可能な限り、問い合わせ、探索などの手を尽くして得た最後の貴殿のご住所に宛て、発送いたします。今回のご住所にもご在住なき折は、残念ながら、連絡不能の処置を改めて考えざるを得ません。願わくば、ご開封あらんことをと乞《こ》い祈りつつ擱筆《かくひつ》します。

頓首

判で押した協会名の横に、『水巻正三郎《みずまきしょうざぶろう》』と、個人名がしたためてあった。

祝子は、むしろぼんやりとして、遠いところでも見ているようなとりとめもない眼で、その突然の通知状を眺めていた。

「そう言えば……そう。そんなことがあったわねえ」

「ちょっと。あったわねえなんてのんきな話じゃないわよ。ほんとうなの、これ。え。ほんとに、あんたの刀なの？」

「そういうことになるわねえ。死んだ主人のものだから」

「ああ、戦地で亡くなったっていう」

「ええ」

「そうか。土地の旧家だったって言ってたわよね」

「そんなご大層なもんじゃないわよ。旧《ふる》い家じゃあったけど、ただの商人。海産物の卸し問屋。それも戦災に遭《あ》っちゃって、蔵が一つ残っただけの丸裸」

祝子は、ちょっと口をつぐみ、かぶりを振った。

「あの頃のことは、想《おも》い出すだけでも厭《いや》なのよ」

「そんなこと言ってる場合じゃないでしょ。わたしにゃ事情はわからないけど、とにかくここに、こういう手紙が舞いこんじゃってきてるんだもの。あんた、八百万円よ。これがあんたの刀だったら、どうなるのよ。えらいことじゃないかよ。もっと、ワァとか、キャアとかさ、驚いたらどうなのさ」

「驚いてるわよ。わたしが忘れちゃってるのに、たった一本の刀のことを、それも他人の刀のことをよ、よくまァ何十年も忘れずに、憶えていた人がいたもんだって、そのことに呆《あき》れてるのよ。驚いてるわ」

「なに言ってるのよ。そりゃあ、あんたが届けをちゃんと出してたからじゃない。それも、そんなに値打ち物の刀ならさあ、なおのことよ。ほうっておかれて、たまるもんかね」

祝子は、苦笑いして、しんみりとした口調になった。

「そりゃあね、あの頃のこと、大家さんが知らないからよ」

「いえ、戦後はどっこも同じよ。このあたりだってあんた、終戦直後は、進駐軍の命令で、武器になりそうなものはみんな、それこそ子供のおもちゃの短刀まで、持ってかれたのよ。MPや警察が、軒別《けんべつ》あんた踏みこんで、探しまわって行ったわよ。鎧《よろい》、兜《かぶと》、槍《やり》、薙刀《なぎなた》、弓矢、手裏剣、猟銃、空気銃、軍刀、サーベル……まあよくあれだけのもの集めたって感心するほど、ジープやトラックに積んでくの。探す方も方だけど、あるところにはあったんだなあって、舌巻いて眺めたこと憶えてるわよ」

「そうね。どっこもあったのよね」

「ええ、ええ、没収されるのが惜しくてさ、縁の下に埋めたとか、山や森に隠したとか、なかにはあんた、墓石の下を掘って隠したなんて話も聞いたわよ。まあ、うちなんかにゃ、そんな物騒なものも、お宝も、ありゃしないから、ご縁のないお話だけど」

「いえね、わたしだって、刀のことはなんにも知りゃあしないのよ。あの刀が、どんな値打ちの名刀かなんて、まるで知らなかったわ。嫁に入った家に、一本、刀があった。その家には、それは大事な刀だった。言ってみれば、それだけのことなの。刀の良し悪しなんて、わかりもしなかったし、わかろうとも思わなかったわ。嫁に入って、一年足らずで主人が出征。すぐ南方へ持ってかれて、戦死でしょ。その死の公報が届いて、半年のちには空襲。爆撃。家が焼かれて、おまけに家族も、いっぺんに吹っ飛んじゃった……」

「ちょっとお待ちよ。その話、はじめて聞くわよ」

「ええ。そうよね」

「呆《あき》れたね。あんた、水臭いわよ。三味線一本抱えてさ、この温泉町にきて、ここの離れの二階を貸して、あんたもう二十年近い付き合いよ。そりゃあ、家や家族のことは、あんたが口にしたがらなかったし、わたしも、聞きゃあしなかったけど……」

「ごめんなさい。喋《しゃべ》って、楽しくなるような話じゃないもの。愚痴《ぐち》って、想い出せばさ、情ないことばっかりだった頃のことだもの」

「いいじゃないのよ。わたしは六十峠《とうげ》の向こう。あんたも、じきに峠に近づく。婆《ばあ》さん、婆さん言われたって、もう苦にもならなくなったじゃない。おたがい、前を見るよりも、後《うしろ》見た方が長いんだもの。愚痴りゃいいのよ。愚痴る種が、ある内が花よ。その内、想い出そうとしても、なんにも出てこなくなるんだから」

「厭ァね。暗闇《くらやみ》ばなしにしないでよ」

「暗闇、結構じゃないの。過ぎてみれば、あれも、これも、みんな結局、やり過ごせてきたことばかりだっての、おたがい、よく知ってるもの」

ふっと、祝子はまた、遠くへ泳がせるような眼になった。

「で？」

「え？」

「家族が吹っ飛んじゃったお話」

「ああ……ええ。家も人も、吹っ飛んじゃったり、焼け死んだり」

「まあ……誰も残らなかったの？」

「そう。残ったのは、わたし一人だけ。矢吹に入って、まだなにほども家の風に馴じんだとも、家の人になれたとも思われないような新入りの、嫁だけが一人残って、矢吹の家の者たちは、みんないなくなっちゃった。わたしは、まだ二十歳《はたち》前だった」

「まあ」

「警報も出てなかったのよ。お昼の支度に、干し大根をね、蔵の中へとりに入ったの。途端にドカンでしょ。直撃弾なの。外へ出たらもう火の海。蔵が残ったのがふしぎなくらい、あたりはもうなにもかも。……一人になって、間なしに終戦。無条件降伏。敗戦でしょ。泣いてる閑《ひま》なんか、なかったわ。とにかく、矢吹の家の人間は、わたししかいなくなった。しっかりしなきゃあ。そればっかりを考えたわ」

「実家は？　あんたの実家があるでしょうに」

「ええ、あったわ。広島に」

「え？」

「そうなの」

「まさか」

女主人は、絶句した。

「両親もいたし、弟妹《きょうだい》もいたわ」

「……みんな？」

「ええ」

「まあ……」

しばらく、二人の言葉はとぎれた。

「ふしぎでしょ。悪いおとぎ噺《ばなし》かなんか、読んでるみたいな話でしょ。結局、焼け残った矢吹の家の蔵一つ。そこだけが、わたしの住める場所。そんな状態だったから、刀を持ってかれた時だって、これは武器、ポツダム宣言で、持つことは許されないんだと言われれば、はいどうぞってなもんよ。隠すなんて才覚は、思いつけもしなかったわ。そりゃあ、出したくはなかったわ。矢吹の家にとっては、ただの刀じゃなかったもの。主人とわたしの結婚にも、なくてはならない刀だったもの」

「どういうこと……？」

「いえね、その刀はね、矢吹の家を継ぐ人間の婚礼の時にだけ、床《とこ》に出して飾られるのよ。代々、そういうしきたりなのよ」

「へえ……」

「おかしかない？　だって、刀は切るものでしょ。切れ物でしょ。人を斬《き》る。命を断つ。切るとか、断つとか、そんな言葉をつかうのだって、縁起が悪いっていうくらい、普通、げんを担《かつ》ぐわよね。ちがう？」

「そうねえ。そう言えばねえ」

「でしょう？　その張本の刃物をさ、刀をよ、婚礼の初夜の床飾りにするんだもの」

「おやまあ、初夜の？」

「そうなのよ」

「また、艶《つや》っぽい刀だわねえ」

「ちょっと。変な声出さないでよ」

「あら、赤くなったわよ、この人」

「ばか言わないでよ。怒るわよ」

祝子は、すぐに真顔にもどった。

「だから、主人に尋ねたの。『その通り。切るんだ』って、主人は言うの。切るは切る、でも、矢吹の切るは、魔を切るんだって言うのよ。邪気を払って、夫婦の契りを守る、守護刀だって」

「なるほどねえ」

「契りを固める、破魔の刀だって。そういう風に代々言われてきてる刀だから、そう思えばいいって言うの。そう言われれば、おかしかないでしょ？　おかしいどころか、一代に一回だけ、床に飾られる、矢吹家にとっては神聖な、これほどめでたい象徴はないもの」

「わたしがね、その刀について知ってる知識は、それだけなの。それと、『越前守助広』という銘を教わっただけ」

「そうねえ」

と、祝子は、言った。

「だから、手放してはいけない刀だとは思ったわよ。でも、日本が敗けたんだもの。刀は持てなくなったんだもの。仕方ないでしょ。それに……主人も、家も、家族も、みんな、いなくなってしまったんだもの」

「……破魔じゃなくて……別の方を、切ったのよね」

かぼそく、甲高い音《ね》が、咽笛《のどぶえ》をふるわせて祝子の口から洩《も》れた。

長いこと、その声は泣きやまなかった。

泣きつきるまで、祝子自身も、その声をもてあました。

歳月を飛び越えて、突然、焼け跡の蔵の匂《にお》いが押し寄せてきた。その中で泣き崩れている若い稚《おさな》い頃の女身が、いまこの五体に、蘇《よみがえ》ったかと、うろたえた。

「……祝子はん。おってかねえ」

廊下のはずれの階段を、大家の勝子《かっこ》の声がのぼってくるのがわかる。

夢うつつの酔いが、かすみのように祝子の手足にからみつき、五体の力を奪っている。

（そう。三年前のあの正月も、雪が降っていた。一本の日本刀、越前守助広の消息を伝えてきたあの思いがけない通知状が、舞いこんだ正月の日も……）

と、祝子は、思う。

（あの通知状さえ、見なければ……）

（来なければ……）

と、祝子は、身踠《みもが》く。

火鉢にかかったやかんの中で首長《くびなが》の銚子の酒が沸えたぎっていた。

その先の畳の上に、三味線が一本、転がっている。

二

時折、没収された日本刀のことが、矢吹祝子の気にかかりはじめたのは、終戦の翌年に入ってからであった。

それまでは、占領軍にとりあげられてもう縁のない刀だと諦めきっていたし、また、焼け野が原に土蔵一つの身になった暮らし向きや、焼け跡の整理などに追われっ放しで、毎日が無我夢中に過ぎ、刀のことなど想い出すゆとりも、ひまもなかった。

そんな祝子に、刀のことがふと気になったりする日があるようになったのは、人が話している噂《うわさ》を、ある日耳にしてからだった。

没収刀が、持ち主の手許に返ってきたというのである。

美術品としてのすぐれた工芸的な価値や、高い骨董《こっとう》性とか、鑑賞性などを備えた芸術作品として認められる類いの刀は、審査されて、その刀を所持しても危険性のない人物、善意の日本人と認められるような持ち主に限って、返還される――というような話だった。

いや、審査はすべて連合国軍の人間たちが行なうので、日本刀の正しい芸術的価値などわかろう筈《はず》がない。返還許可がおりたのは、みんな連合国の軍関係に特別の顔が利く人物か、縁故のある者たちばかりらしい――とかいう噂もあった。

あちこちでそんな話を聞くようになると、急に祝子のなかに、助広は矢吹家の守護刀であったというわきまえが、立ち戻ってきた。家伝の守り刀である。返るものなら、とり返したい。それが矢吹家ただ一人の生き残りの務めであろうという気がした。

祝子が最初に警察へ出向いて、その旨を懇願したのは、この時である。

係の署員に、剣もほろろの扱いを受け、追い返された。

日本警察には、没収刀に関する権限はいっさいない。かりに返還刀があったにしても、審査は願い出て受けられるという性質のものではない。それはすべて連合国軍側の自由意志による。返る刀なら、黙っていても返ってくる。しかし、もし返ってくるような名刀であったにしても、弱冠二十一歳の寡婦、家もない、家族もない、女一人の焼け跡暮らしの身に、危険刀剣であるに変わりのない刀の責任ある管理がどうしてできるか。身の程知らずもたいがいにしろ、と怒鳴りつけられたのである。

しかし、その年の、つまり昭和二十一年の五月十四日、マッカーサー司令部は、正式に刀剣審査権を日本政府側に渡し、日本政府による所持許可証の発行も許すことになった。

そして、同年八月十四日から十月十四日まで、二箇月間をかけて、戦後初めての、日本政府が任命した日本人審査員・六十名によって、第一回刀剣全国審査が行なわれたのである。

この折、審査された刀は、全国で十万刀余であったという。

この審査を契機にして、わが国の刀剣有識者や専門家たちの手で、美術品としての日本刀を保存擁護する積極的な行動や努力は急に表立って形をとることになる。

昭和二十三年二月に、第二回目の審査が実施された。この時所持許可がおりたのは、十五万本程度だった。

専門家たちは、こうして、終戦直後の進駐軍による刀狩りや没収刀集めの網の目から洩れてまだ全国の野に眠っているにちがいない刀たちに、それぞれ正当な評価や光をあて、保存すべき価値ある刀には安住の地をあたえんものと、努力を惜しまなかった。

しかし、刀狩りの記憶は、まだ全国になまなましかったし、出せば没収されるという思いも消えず、事実、没収刀の所在がそのまま不明の刀も数知れずあり、手放さぬが安全と頑固に信じこんでいる人間たちも多かったろうし、また、今出せば、刀狩りの時になぜ出さなかったかと咎《とが》められるのを怖れた人間たちもいただろう。咎めはないとわかっても、一度隠したうしろめたさで二度目も三度目も出しそびれる者もいよう。また、戦後の生活に追われ、疲れ、刀はあっても刀どころではない無関心者もいるだろう。他人の品定めなど必要とせぬ向きもあろうし、出したくても、審査会場までその刀を持ちこめぬさまざまな理由や事情が、人それぞれにあったであろう。

そしてまた、この所持許可が得られる全国審査が、いつどこで行なわれるかということを、知らずに過ごした人間たちもおそらくあったにちがいない。

敗戦が荒した人の心や暮らし向きは、まだその爪跡《つめあと》も傷口も日本全土にわたって深く、癒えはじめてはいなかった。

野にある刀も、その敗戦の風に荒され、辛酸をなめていたにちがいない。

その姿が見えないだけに、このまま、ただ海のものとも山のものとも知れぬ玉石混《こん》淆《こう》の闇のなかへ野放しにはしておけなかった。

全国審査は、野の闇からそんな刀たちを掬《すく》いあげ、陽《ひ》の目を見せてやるためのものだった。

そして、昭和二十四年四月、ついにこの全国審査は、これまでの期限を切って特定の会場で審査していた方式を捨て、常時、届け出さえすれば、いつでも審査が受けられるという現行の方法に改められた。

こんな中央刀剣界の動きが、祝子の身辺に届かぬ筈はなかった。

全国審査の実施を告示した通達書も、祝子は、町内回覧でも見たし、市役所や警察書の告示板でも確かめて、第一回の時から知っていた。

無論、その都度、警察へも出向いた。

強制的に出せと命じられてとりあげられた刀が、いまだに返してもらえなくて、その時出さなかった刀に、審査や許可があたえられる。

「これは、どういうことなんですか。わたしが出した刀にだって、審査を受ける資格はあるでしょ。あの刀を、審査して下さい。いいえ、返してさえ下されば、そちらのお手間はとらせません。わたしが、自分で審査場へ持って行きます」

応答は、いつも同じだった。

――今、調べている。

――関係部署へ、問い合わせ中だ。

――君一人だけじゃないんだ。同件物が山とあるんだ。順番を待て。

――占領軍の管理下に置かれた物は、一括して、占領軍が処理手続きをとる。

などなどの繰り返しで、いっこうに明確な答えを得ることはできなかった。

係官の返答は、人によってさまざまだった。

そんな中で、ある一人の係官の応対に、祝子は希望をつないで待った。

いったん武器として没収された日本刀は、占領軍の全国各軍憲兵隊や海兵隊の司令部が、それぞれの地域別に管轄していて、この各管轄ごとに、没収刀に対する考え方がちがうので、交渉は複雑怪奇なのだという。

「しかしね、中央の日本の専門家たちが、必死にその交渉に当ってくれてね、どうやら、特別優秀刀や、逸品、名刀なんてのは、全国の没収刀の中から、おまえたちが選んでよろしいというお許しが出たらしいんだ。すでに、めぼしい刀は、全国から集められて、一括して、もう東京の博物館へ運び込まれているそうだ。だから、あんたの刀も、立派なのだったから、その中に入ってるだろうし、入ってりゃ、その内、所在ははっきりするよ」

と、その係官は、説明してくれた。

「しかしね、越前守助広というだけじゃ、かりにあんたの刀であったとしても、探しようがないんだよね」

「だから、わたしの憶えている限りの特徴は、みんな絵に描きました。鞘《さや》の色とか、鐔《つば》の図柄とか、柄《つか》の色糸とか、下緒《さげお》の色とか」

「うんうん。それはわかるんだけどね。そういうものは、刀の拵《こしらえ》と言ってね。外の付属品だからね。これはみんな、変えようと思えば、そっくり別のものにとっ替えられるんだよ。肝心なのは、刀の中身でね」

と、これも、いつも言われることだったが、その係官も、閉口しきった顔つきになって言った。

「そんなこと、刀を出す時に、警察の人が記録してる筈じゃありませんか。わたしは、刀の専門家じゃないんですから、刃文がどうの、長さがどうのなんて言われても、わかりません」

「困ったねえ」と、彼は渋面をつくった。

「困ってるのは、わたしの方です」

「まあ、聞いてる限りのことは記録にしてあるから、助広が出るのを待ちましょう」

頼りない返事であった。

祝子は、つくづく、自分に刀の知識のないことが悔まれた。

新婚の初夜の床の間に飾ってあった刀。

夫の郁光《いくみつ》が、抜き放って見せてくれた刀身。

手をとって、祝子にもその柄を握らせ、二人して顔を寄せ、近々と眺め合ったその刃文の冴《さ》え。

今でもしっかりと眼の底に焼きついているが、それを口で、あるいは専門用語で、正確に表現することはできなかった。

見ればわかるという確信はあったが、現実に刀がどんな刃文を描いていたかとなると、想い出せなかった。

助広は、初夜の朝が明け初めるまで、同じ寝間の床にあった。鮮やかな白絹の布の上にその抜き身をさらしていた。

祝子は、一夜、夜どおし気がつけば、その刀身を眺めていたような気がする。

郁光は幾たびも祝子を抱きすくめ、求め尽くし、祝子にも求め尽くすことを望み、むさぼり、祝子にもむさぼらせ、溶け、溶け返すことを教え、裸身をくまなく明け渡し、明け渡し返すことを憶えさせ、やがて視界が燃え立ちはじめ、祝子には郁光が郁光でない男に見え、郁光にも祝子が祝子とは思えぬ女に変わっていることがわかり、祝子に驚きの声をあげさせた。

自分が自分でなく思え、夫が夫でなく見えた歓楽のこの一瞬に、祝子は途方に暮れた声を放った。その声に満足すると、郁光は軽い寝息をたてて、祝子をその腕の中から解放した。

解き放たれては見、抱きすくめられては見した助広の刀身は、忘れられなかった。わずかに一夜、それ限りの対面だったが、祝子は、夜を徹してその刀を見た。眠りは来ず、しかし郁光の寝息を耳にしながら安らいでいる時間は、快かった。その快さのなかでほっと憩いながら、助広を眺めたのだ。

助広の無数の刀身を、祝子は見たという気がする。

没収刀が発見されれば、必ずその識別はつく。見まちがう筈はない。

祝子は、そう思った。

思いながら、焼け跡の蔵の中で一人暮らした。まるで助広が、いまでは生きる唯一の支えになりでもしたかのように、その発見の日を待ちながら。

そんな生活が五年目に入ったある日だった。

蔵には矢吹家の道具類が残されていて、幸いにして戦災を免れたそれらの品々は、祝子の飢えを凌《しの》ぐ助けになってくれた。祝子は、一つずつ大事に手放し、焼け跡には畑をつくり、切りつめて倹約しながら食いつないで行く助けにした。

その日も、道具屋に売るそうした品の一つをあれこれ物色していて、ちょうどネクタイケース大の桐の箱を長持の隅に見つけた。あけると樟脳《しょうのう》の香りが立ち、折り畳んだ奉書紙に外側を包まれた和紙が二枚入っていた。

一目見て、それは、

「日本刀の、拓本！」

とわかる、墨目で写しとられた刀身の図柄であった。

――銘、越前守助広・押形（表・裏）

と、余白の部分に墨書してあり、『身長二尺三寸四分、反り四分、地鉄小杢目、刃文濤瀾刃』と、小書きが書き込んであった。

祝子は、胴ぶるいがとまらなかった。

（あった、ここに。助広が、あった）

やみくもに、その押形をつかんだまま、警察署へ走ったのである。

押形というのは、早く言えば、刀から鞘や柄や鎺《はばき》などいっさいの外装品をとり払って、刀身だけにしたものの上に和紙を当て、その上から石華墨《せっかぼく》でこすりながら、銘や刀の全形を写しとったものである。刃文は手描きでその刀形の上に、現物と寸分違《たが》わず丹念に描き込んで行くのである。刀の真贋《しんがん》の識別などには、最も強力な証拠物件となる。

刀剣保存協会の『水巻正三郎』なる人物からの手紙にあった『昭和二十五年六月一日付』というのが、この日のことである。

つまり祝子はこの日、市の警察署を見限って、県警本部へ調査を依頼したのである。

（これで出る）

と、思った日本刀は、しかし、何年待っても出てこなかった。何度問い合わせても、行方が知れなかった。

やがて、祝子は、あの押形を手放したことを後悔した。あれだけが、矢吹家に、一本の日本刀があったことを証明する唯一の証拠なのだったから。

その押形も、返還を申し出ると、

「さあ。あちこち廻《まわ》ってるだろうからねえ。いま、どこにあるかは、ちょっとわかりませんねえ」

という返事だけが返ってきた。

結局八年、祝子は、焼け跡の土蔵に住んだ。

もう、助広は諦めていた。出る刀ではないと思った。するだけのことはした。出るべき道すじにあるのなら、とっくに出ているだろう。それが発見されないのは、もう絶対に出てこない所へ身を隠したからだ。没収刀は返らない。そう思えばいいではないか。

(あれは、矢吹家の刀)

祝子の心を決めさせたのは、そのことだった。

矢吹家のすべてが、いま、もう亡《な》いのだ。家も、人も、消えて跡形もない。

(あの刀が消えたのも、むしろ自然なことなのだ。守るべき家も、人も、ない)

そう思ったとき、突然、祝子には、これは助広自らの意志なのではあるまいか、とさえ考えられた。

すると、ほんとうに信じられた。助広は、二度とここには帰ってこないということが。

祝子は、あらかた売り払って閑散とした蔵の中を見廻した。

この蔵も、そう言っているように思えた。蔵自らの、これも、意志なのだと。このなにもなくなった、がらんどうになった眺めも。

祝子がM県を離れたのは、それから間もなくしてである。

矢吹家の焼け跡の土地は市の児童福祉施設に寄附《きふ》し、できれば孤児たちの役に立つことに使ってほしいと言い添えた。

もうこれ以上、矢吹の家の財にすがって生きたくはなかった。二十八歳の年の暮れだった。

刀は、この日から、祝子と無縁の存在になった。

「むこうだって、忘れちゃってるだろうにね」

「ん？」

「いえ、この助広さん。ねえ」

と、祝子は物憂《ものう》そうに、相槌《あいづち》を求めでもするような眼を、その封筒へ投げた。

封筒は丸二日、炬燵の上に置き去りにされている。

「高い足代かけてさ、出て行くことないわよねえ」

と、再び、その封筒を見た。

「なに言ってるのよ。八百万よ」

「会いたくないの。この助広さんにはさ。むこうだって、そう言うわ。こんなお婆ちゃんが、ひょっこり出てきちゃあ」

「本気？」

「ええ」

祝子は「ええ」と頷《うなず》いたその東京へ、しかし出かけて行った自分がわからなかった。

水巻という手紙の主は、温厚な中年の紳士だった。けれども彼との話の内容は、ほとんど記憶に残っていない。発見刀には刃先の一部に小さい疵《きず》が二箇所あり、この点が押形と異るが、これは明らかに後の疵で、発見刀は相違なく押形の越前守助広であること。従って正当な持ち主は祝子であることを、刀を買った人物も認めたが、この刀がぜひとも欲しく、刀剣商との売買関係は別にして、もし祝子にその気があれば、改めて祝子から買いとりたいと申し入れてきていること。

「というのはね、この人、実は故郷にある美術館に、いろいろ私財を投じてね、貴重なコレクションなんか寄贈してきてるんですよ。この刀も、ぜひその一つに加えたいらしくてね……」

水巻は、まだほかにもいろんなことをしきりに喋っていたが、祝子の耳には入らなかった。

一本の日本刀と、やがてその部屋に入ってきた一人の若者とが、祝子の視界を奪っていた。

水巻がなにか言った。その青年を紹介していた。祝子は息をのんだまま、言葉を失っていた。

大宮薫国《おおみやふさくに》。発見刀の買い主の息子だった。

父親が外遊中で、代理に挨拶《あいさつ》にきたと彼は告げたが、その時の言葉や声を、祝子はまるで憶えていない。

祝子が見、祝子が聞いたのは、遠い彼方の記憶のなかの床の間を飾っていた白絹の上にあった一本の日本刀と、その抜き身を手にとって、「助広だ」と祝子に教えた若者の姿だった。

実際、助広を手にとって、その濤瀾の刃文を眺める薫国を見た時、祝子は声をあげたのだった。

郁光が、そこにいた。

よく見れば、顔も姿もちがうのに、郁光がいるのだった。郁光も、助広も、あの頃のままで、そこにいた。

この日、祝子はうろたえつづけ、そのうろたえが去らないことに動転し、あわてふためく自分におどろき、なお一層うろたえて、一日中平静さを失っていた。

しかし、その動転感は、帰ってからも消えなかった。

「ええ？　あげちゃったって言うの？」

「そうよ。わたしが持ってたって、しょうがないもの。それよか美術館でさ、ちゃんと値打ちのわかってくれる人たちに、たくさん見てもらえた方が、あの刀だって嬉《うれ》しいわよ」

「ただで？」と、勝子は、あきれていた。

「そうよ。もともと、わたしの物なんかじゃないんだもの。わたしのは、これ。これが一本ありゃあいい。なんとか食べさせてくれるもの」

と、祝子は三味線を引き寄せて、転手に手をかけた。

「どうぞ、いつでもきて下さい。この助広にお会いになりたくなったら、いつでも」

別れぎわに、薫国は言った。

美術館が、祝子の住む県と二つ隣りの県にある近さの縁を、しきりに薫国はふしぎがった。彼は、そこに勤めているという。

「よろこびますよ、館の連中」

行きはしない、と、祝子は思った。

（いいえ。決して）

（もう会うことはないわ。二度と。あなたたちには）

そう思って帰ってきたばかりの祝子が、明日にでも出かけたい、と、ふといま思ったような気がしたのである。

（あれから、三年……）

と、祝子は、夢うつつの内で、思う。

何度、出かけて行っただろうか。

そして結局、そのたびに、薫国にも、助広にも、会わずに帰ってきたあの美術館への石畳の坂道を、何度、のぼりおりしたことだろう。

（六十の老いの坂をもう越えきった三味線芸者。おい。おまえ、なに血迷ってやがるんだい）

初夜の床の間の日本刀が、眉間《みけん》の先へ迫ってくる。濤瀾の刃文の濡《ぬ》れた光が躍る。郁光の軽い寝息が、いつの間にか薫国の息音《いきね》に変る。夜着をはだけてゆっくりと薫国が起きあがる。炎色に視界が燃え立ちはじめてくる。

この毎日が、わからなかった。

美術館の林に続く坂道を、ある日並んでおりてきた薫国と、あどけない肩を触れ合っていた少女のような女の子。

よく似合った二人連れだった。

なぜ、あの二人を見ると、心がふるえてくるのだろう。自分が自分でなくなるような気がしてくるのが、わからなかった。

見つめていると、祝子は絶えず、いまにも自分がなにかをしそうな気がしてくるのだ。なにを？　それがわからなかった。

いや、二人を見ていなくても、その感じは不意に起こった。いまでは、もうどこにいても、みさかいなくやってくる。

座敷で三味線を弾いていて、ふっと身内に刃物を呑《の》んでいるような恐怖におびえることがあった。弾く手はとめはしないけれど、しきりに手はその刃《やいば》をなでまわしているようだった。

どうしたというのだろう。

（おい。おまえ、幾つになったんだい）

火鉢のやかんが鳴っている。

おせち料理の重箱に銚子が転がっている。

その先の畳の上へ、三味線が投げ出されていた。

弦が一本とんでいる。

「祝子はん、おってかねえ」

廊下の外で声がする。

夢うつつで、その声を祝子は遠くに聞いていた。

名作鐔紹介②

松鶴図鐔　銘　梅忠就方（花押）

江戸後期　武蔵国江戸本郷湯島
朧銀地竪丸形高彫金色絵金覆輪
縦七〇ミリ　横六八・五ミリ

京埋忠派の文様表現を受け継いで華麗な作風を展開した作。千年の翠とも表現される青々とした松樹を背景に飛翔する鶴を主題に採っており、華やかで美しく、しかも松樹同様に長寿を意味して厳か。爽やかな香りが漂い来るかのような松葉は、色合いの濃い朧銀地に線刻が密に詰み、量感のある高彫に繊細な毛彫が加えられた鶴は金色絵によって鮮やかに浮かび上がっている。古式に則った可動の覆輪を掛け、櫃穴も内覆輪で装っている。江戸埋忠派の就方は二代目就受の子で加治右衛門を襲名した、江戸後期を代表する工。

七曜紋散図鐔　銘　吉岡因幡介

江戸後期　武蔵国江戸
赤銅魚子地六角形高彫金色絵金覆輪
縦七二ミリ　横六五ミリ

代々が幕府の御用を務め、式正の大小拵に用いられる品位の高い家紋図金具を制作していた吉岡因幡介の、形状に特徴を示した美しい鐔。地金は黒々としてしかも光沢の強い赤銅地。粒の大きさが均質に連続した魚子は、綺麗に揃った六角形に打ち施されて美観が一際高く、散し配された高彫金色絵の七曜紋を鮮明に映し出している。耳に色絵覆輪された金も濃密な色合いで、拵に装着した際の効果も明瞭。亀甲に七曜を組み合わせた家紋を鐔の六角形に擬《なぞら》えたものであろう、出羽本荘六郷家当主筑前守の所持と伝えられている。

正宗

贋の正宗

澤田ふじ子

澤田ふじ子（さわだ・ふじこ）
1946年、愛知県生まれ。愛知県立女子大学（現愛知県立大学）卒業。高校教師、西陣綴織工等の勤めを経て、73年に作家デビュー。75年「石女」で第24回小説現代新人賞、82年『陸奥甲冑記』『寂野』で第3回吉川英治文学新人賞、2005年、京都府文化賞功労賞を受賞。著書に『天皇《みかど》の刺客』『深重の橋』『虹の橋』、「禁裏御付武士事件簿」シリーズ、「公事宿事件書留帳」シリーズ、「足引き寺閻魔帳」シリーズ、「高瀬川女船歌」シリーズ、「土御門家・陰陽事件簿」シリーズなど、多数。

一

「がんがん、がんがん――」

鉄槌《てっつい》の音が激しくひびいている。

今年の正月松の内は妙に暖かかったが、昨日辺りから少しずつ冷えてきた。

それでも、北山の奥の栈敷《さじき》ヶ岳《たけ》は雪におおわれていると、京見峠《きょうみとうげ》をへて長坂越《ながさかごえ》をしてきた人たちが噂《うわさ》していた。

かれらは長坂口までできて、その近くに設けられた腰掛茶屋で熱い茶を一口すすり、ひと息ついているのだ。

長坂越は「京七口」の一つ。長坂越丹波《たんば》街道といわれ、北に向かえば鷹《たか》ヶ峰《みね》から千《せん》束《ぞく》、長坂峠、杉坂、真弓《まゆみ》などをへて、丹波国細河余野尻《ほそかわよのじり》へ出る。

山また山の街道だった。

その街道を南に下れば、京の大宮《おおみや》や千本通りとなり、繁華な町筋につながっていた。

腰掛茶屋の近くには、豊臣秀吉《とよとみひでよし》が京域を広く囲むように築かせたお土居の一部が、ところどころに残り、かつての面影を伝えている。

がんがんがんがんと鉄槌の音をひびかせているのは、その茶店の隣の馬蹄《ばてい》屋（馬の鍛冶《かじ》屋）「枡屋《ますや》」だった。

奥の深い土間ばかりの小屋に似た店の表には、荷駄を運ぶ馬が二頭つながれ、足に馬蹄を打たれるのを待っていた。

馬蹄は馬のひづめの底に装着し、ひづめの摩滅や損傷、滑走を防ぐ鉄具。後方の欠けた長円形で、外縁はひづめと一致している。

馬蹄屋は馬の脚を立てて膝に持ち上げ、鋭い刃物でその爪《つめ》を削る。そして太くて短い釘《くぎ》を用い、この馬蹄をひづめに打ち付けるのだ。

店の鍛冶職人の竹七《たけしち》が見守るそばで、膝切《ひざぎ》り姿の馬の持ち主が、馬の轡《くつわ》を押えている。

その脇で若く端整な顔つきだが、荒々しい髭面《ひげづら》の男が、磨《す》り減った馬蹄を小ぶりな鋏《やっとこ》ではがしていた。

「これほど馬蹄を磨り減らさせたら、馬の足を痛めてしまうわい。それにしてもこの駄馬は、よう暴れる厄介な奴ちゃなあ」

かれは口汚くいいながら、馬の前脚をぐっと押え、小さな鉄槌を強く叩《たた》き、馬蹄の装着をようやくすませた。

筒袖《つつそで》の袖口で、ひたいに浮かんだ汗を拭《ぬぐ》った。

「岩蔵《いわぞう》はん、どうもお世話をかけました」

「ほな竹七はん、つぎの馬を曳《ひ》いてきてくれや。おまえさんも重い荷を運んでしんどかろうが、親っさんはおまえさんを頼りに稼いでいるのや。精を出して気張ってくれや」

岩蔵はいいながら馬の首をぽんぽんと軽く二つ叩き、店の中を振り返った。

熱した馬蹄を打つ音が止《や》み、それを鉄鋏《てつばさみ》で挟んだまま、大きな盥桶《たらいおけ》の中に突っ込んだため、じゅんと水の沸く音がひびき、辺りに湯気がただよった。

岩蔵の身形《みなり》は膝切りに布脚絆《ぬのきゃはん》、素足に草鞋《わらじ》姿。それでも寒くなさそうで、筒袖の襟許からのぞく胸は筋骨隆々として厚く、その中央一帯に黒い毛がみっしり生えていた。

「枡屋の旦那《だんな》はん、ここに奉公させてもろうているわしが、苦情をいうのもなんどすけど、いくら馬のひづめでも、それでは手を抜きすぎとちゃいますか。中槌《なかづち》でその程度、叩くだけで型をととのえ、水で冷やしてしもうたら、そんな粗末な造りの馬蹄、すぐ割れてしまいまっせ。うちの馬蹄は、砂鉄を溶かした玉鋼《たまはがね》から造っているのではのうて、どこにでもある古鉄や古釘を、材料にしてまっしゃろ。踏鞴《たたら》（溶鉱炉）でそれを溶かして火造りするにしても、湯加減、水加減にも注意せなあきまへんわ」

背を向けていても岩蔵には、馬蹄を打つ音や回数、踏鞴の動きや水の沸騰する音などだけで、その出来工合がわかるようだった。

かれはこうした造り込みの良否について、身体《からだ》で感じられる天稟《てんぴん》をそなえていた。

「おまえはほんまにかなわん奴ちゃなあ。わしが少し手を抜いたら、主《あるじ》のわしに文句を付けるのかいな。まあ、わしももう五十すぎやさかい、腰が痛《いと》うて手間を省《はぶ》くこともあるわいさ」

「そないに愚痴《ぐち》らはりますけど、商いは大切にせなあきまへんやろ。疲れはったら仕事の手を抜かんと、わしゃ竹七はんのほか、見習いの重吉《じゅうきち》を、もっと働かさはったらよろしおすがな」

「おまえは口汚く荒っぽい奴やけど、誰にも優しいことをいうてくれるのやなあ。竹七の奴を指図しているのをきいてると、ひやっとするときもある。そやけど相手がおまえやさかい、許されるんやわ」

竹七は同じ馬蹄屋で働く、岩蔵より年上の職人だった。

「口の悪いのは、どうにもならへんわしの癖どすわ。わしには、人さまに諂《へつら》ったりお上手をいうたりする舌があらしまへん。そやさかい、仕事に年季の入ってはる旦那はんにも、ずけずけと文句をいわせてもろうてますのや」

「いやいや、そうではないやろ。この枡屋の店を、わしは親父から漫然と受け継いだだけで、おまえの目から見たら、年季の入った仕事なんかできてへんはずや」

枡屋の主半左衛門《はんざえもん》は、盥桶から引き上げた馬蹄を、近くに置いた大きな古木箱の中にひょいと投げ入れた。

馬にも大小があり、足の爪の形もさまざま違っている。

客が馬を曳いてきて、馬蹄の取り替えを頼まれると、木箱の中からその馬に合いそうなものを選び出し、それをひづめに打ち付ける。

だがぴったり合致する馬蹄などは滅多にない。大半は荒鑢《あらやすり》で余分な部分を手早く削り落し、ひづめにそれを装着するのであった。

この作業に当たる岩蔵は、主の半左衛門や竹七など及びもつかない速さと正確さで行い、それがかれの持ち味だと、馬子《まご》たちの間で評判されていた。

馬子——とは、馬を曳いて人や荷物を運ぶのを生業《なりわい》とする人の称。馬追い、馬方ともいう。中・近世、馬を用いて運送に従事した馬借《ばしゃく》たちが、いつしか馬子と呼ばれるようになったのである。

先程の馬が、店の前で新しいひづめを確かめるように二、三度足踏みし、お土居門のほうに去っていった。

ついで竹七が、店の表につながれた二頭のうちから、先に栗毛《くりげ》の馬を選んで連れてきた。

枡屋の隣の腰掛茶屋で、茶碗酒《ちゃわんざけ》を飲んでいた馬子が、あわててその馬の轡を竹七とともに摑《つか》んだ。

「岩蔵、おまえはつづけて何頭かの馬のひづめを打ったさかい、どうや、わしが仕事を替わったろか――」

半左衛門がかれに声をかけてきた。

「旦那、わしが馬蹄の造りに文句を付けたさかい、替わったろかというてくれはりますのやな」

「おまえ、そない回りくどう考えんでもええがな。わしかてときには怒るで。おまえが同じ仕事をつづけてるさかい、わしはちょっと替わったろと思うただけや。文句を付けられたからやないわい。おまえも大概、人の言葉を素直にきかなあかん」

「これはすんまへん。いいすぎやったかもしれまへん。なにしろ根性曲がりどすさかい。それでも鉄を鍛《う》つ、それが馬につける馬蹄でも、わしはそのことが大好きどすねん。おおきに、ほな替わってもらいますわ」

岩蔵は意外にあっさり自分の非を認め、主の半左衛門と入れ替わった。

今度、岩蔵は馬蹄造りにかかった。

やがて鞴《ふいご》の音がし、それがしばらくつづいた。馬蹄となる地鉄《じがね》を作り始めたのだ。古釘や粗鉄を踏鞴を用いて高熱で溶かし、岩蔵は細長く溶かした赤い地鉄を鉄鋏でがっちり摑み、鉄槌で鍛《きた》え出した。

まず熱した地鉄の荒打ちを行う。

幾度も熱してそれをくり返すたび、火花が激しく辺りに飛び散る。鉄槌が振り下ろされ、その力で地鉄に含まれる夾雑物《きょうざつぶつ》が叩き出される。間もなくその重量は、当初の半分ほどに減っていた。

刀を鍛えるのも馬蹄を鍛えるのも、道理はほぼ同じだった。

すぐれた日本刀は、良質な砂鉄を溶かして鍛錬《たんれん》する。できた鉄塊を大槌で荒割りにしたものを鉧《けら》と呼び、これがさらに砕かれたものが玉鋼なのである。

たとえば二尺三寸（約七十センチ）の刀を造る場合、一貫二百匁（約四・五キログラム）の玉鋼を用意し、高熱で燦《わか》して打つ。そして長方形の一枚の厚板を造り、それを鏨《たがね》を入れて中央から二つに折り返す。

こうした作業を十数回から二、三十回、炉の高熱に炒《い》られながらつづけ、鋼がふくんでいる夾雑物をさらに取り除いていく。

こうされると、鋼の重量は当初の五分の一ぐらいにまで減少する。

積爍《つみわかし》といわれるこれをする間に、泥水をかけたり、藁灰《わらばい》を塗《まぶ》したりする。これらによって鋼の表面の脱炭《だったん》を防ぎ、折り返しの癒着が助けられ、鍛えかた次第で板目、杢目《もくめ》、柾目《まさめ》などの肌ができてくるのだ。

日本刀の鍛造の第一は、皮鉄造《かわがねづく》りのこれから始まり、次に心鉄造《しんがねづく》り、組合せ鍛錬、素延べ、火造り、荒仕上げ、土取り、焼入れ、反《そ》り直《なお》し、仕上げ、研磨——などをへて、完成されるのであった。

「馬の脚を抱いて馬蹄を打ち付けているより、わしはやっぱりこれを叩いているほうが好きやわい」

踏鞴の炭炉から引き出した真っ赤な鉄を、岩蔵は鉄槌でがんと叩いた。

火花が辺りにぱっと散った。

かれが枡屋の職人として雇われたのは八年前。死んだ先代の半左衛門が、丹波・亀岡の在から伴ってきたのである。

野鍛冶だったというが、先代が亀岡の農村を歩いていて、岩蔵が叩く鉄槌の音をきき、おやっと足を止めたそうだった。

野鍛冶——とは、鍬《くわ》や鋤《すき》、鎌《かま》などの農具を造る鍛冶屋をいい、江戸時代にはどんな辺鄙《へんぴ》な土地にも見かけられた。

先代の半左衛門が足を止めたのは、その音に野鍛冶らしくない澄んだひびきと、強《きょう》靱《じん》なものを感じたからだった。

――あれは鍬や鋤を打っている音ではないわい。まるで刀鍛冶が刀を鍛えているようやわ。こんなところに、刀鍛冶がいるという話は、きいたことがないがなあ。

かれは藪道《やぶみち》を抜け、音をたどって村社の脇に立った。

そこに粗末な一軒の鍛冶屋が構えられていた。

「ごめんくださりませ――」

かれは澄んだ強靱な音に恐れを覚えながら、ほの暗い茅屋《ぼうおく》の中に大声をかけた。

奥から鞴の音がしきりにきこえていたからだった。

「なんじゃい。わしはいま忙しいんじゃがなあ。ちょっと待っておくれやすか」

野太い声がいい、すぐまた鉄槌の音がひびいてきた。

茅屋のほの暗さに馴《な》れて見ると、声の主は鍬を打っていた。

先代の半左衛門は、へいと答えてその場に立ち、声の主が鍬を鍛え終えるまで、強靱な鉄槌の音にきき惚《ほ》れていた。

やがて音が止み、表に顔をのぞかせたのが岩蔵だった。

そこでどんなやり取りが交わされたのか、当代の半左衛門は、父親から詳しくきいていないが、ともかく岩蔵はかれに伴われ、京にやってきた。

「あの岩蔵がいたずら半分に鍛えた合口《あいくち》を、わけがあって人から貰《もろ》うたけど、全くよう切れ、凄みのあるもんやわ。それを目利き自慢の男に鑑《み》せたのや。そしたらこれはなかなか出来のよい古い備前《びぜん》物や。そこそこの値で買《こ》うたんやろ。もし手放すつもりがあったら、是非ともわしにとまでいいおった。ほんまに笑わせるわい。目利きいうのも案外、いい加減なものなんやなあ。賢そうな顔と手付きで、もったいぶって鑑ているのを眺め、わしは阿呆《あほ》らしゅうて笑い出しそうになったわい」

「刀剣の手入れや鑑定に当たる本阿弥《ほんあみ》家も、光悦《こうえつ》さまはともかく、江戸に移ってからの代々は、おそらくそんな程度なんとちゃうか。金さえ出したら、美濃《みの》物、相州《そうしゅう》物、備前物と、それらしい鑑定書を作り、備前物なら無銘なれども長船祐定《おさふねすけさだ》、則光《のりみつ》、勝光《かつみつ》とでも、平気で書いてくれるときいたで。世の中は意外にええ加減なものなんやわ」

一時、こんな噂が岩蔵の身辺でささやかれていた。

かれは亀岡の辺鄙な村で野鍛冶として一生をすごすより、京に出て馬蹄屋で馬蹄を鍛えているほうが増しだと考え、先代に付いてきたようだった。

本阿弥家は室町幕府に仕え、刀剣の目利き・磨礪《とぎ》・拭いの三事をつとめる同朋衆的家柄として、京の上層町衆の地位を確立した。やがては特権商人の道をたどり、特に光悦は琳派《りんぱ》の形成にも大きな影響をあたえた。

江戸幕府が成立した後、本阿弥一族の多くは江戸に移り、それぞれが家職とする三事に当たっていた。

野鍛冶をしていた岩蔵には、両親も兄弟もなく、やはり野鍛冶だった叔父に育てられた。かれを京に伴うについて、先代の半左衛門は叔父にそこその金を渡し、岩蔵についてなにかの心づもりがあったようだが、一年ほど後にたわいなく他界してしまった。

馬蹄屋枡屋の跡を継ぎ、半左衛門を襲名した当代は、どちらかといえば軟弱な人物だと評されていた。

「先代の一粒種だけに、猫可愛《ねこかわい》がりにしてきたせいで、あないになってしもうたんや」

「荒っぽい馬子を相手に、店をやっていけるのやろか」

「みんながそう案じてる。そやけど先代の半左衛門はんは、息子があの場所でなんとか馬蹄屋をやっていけるように、後釜《あとがま》めいた職人を、すでに用意して死んでいかはったわいな。丹波・亀岡の在から連れてきた岩蔵はんが、それやがな。あの岩蔵はんは、気性は荒っぽいけど、正直で気のええすっきりした若者や。枡屋の旦那の顔を立て、塩梅《あんばい》ようとんかちやってるがな。山また山がつづく丹波の亀岡から、京に連れてこられたのを、相当な恩義に感じているらしく、当代を助け、枡屋の目付みたいにしてよう働いてるわい」

「ああ、この長坂口の界隈《かいわい》で、岩蔵はんの名を知らん者はいいへん。近くの古手（古着）屋の『一文字屋《いちもんじや》』へ、盗賊が押し込んだときのことをきいてるか。岩蔵はんはあの顔と声で大きな鉄槌を振り廻《まわ》し、盗賊たちをたじたじとさせ、ついには追っ払ってしまったそうやわ。よその家の戸や柱をがんがんと叩き、何事かいなとみんなが起き出してきたら、さすがの盗賊かて怯《ひる》んでしまうわなあ。幸い古手屋の者に怪我人《けがにん》は出なかったというわ。さらには旅籠屋《はたごや》に泊っていた凄腕《すごうで》のお侍が、さっと一文字屋に飛び込んでいき、盗賊の二人を斬らはった。そもそもは岩蔵はんが夜中、厠《かわや》に起き、一文字屋の異変に気付いたというわいな。鉄槌で背中をぶっ叩かれた盗賊の一人は、後から駆けつけてきた町同心に、戸板で町奉行所に運ばれていったそうや」

「あの岩蔵はんにそんな武勇伝があるのかいな」

「そうやがな。岩蔵はんは見掛け通りの男というわけや」

合口の話とは別に、こんな噂も立てられていた。

合口は匕首《あいくち》とも書かれる。

鍔《つば》がなく、柄口《つかぐち》と鞘口《さやぐち》がよく合うように造られた短刀をいい、時代が下がると、長さは九寸五分と決ってきた。

鞴で風を送り、粗鉄を熱していた岩蔵が、また赤く焼いた地鉄を鉄槌で鍛え始めた。

そのとき枡屋の表で騒動が起った。

「どうぞ旦那さま、勘弁しておくんなはれ」

そんな声とともに、子どもの大きな泣き声がひびいた。

「ほんまにこの餓鬼《がき》はど厚かましい奴ちゃ。そらわたしはこの餓鬼を、親の顔が見たいもんやというて叱ったわい。それを真に受けたのかどうか知らんけど、ここへのこのこと顔を見せにくる親子が、どこにいるかいな。邪魔になるさかい、もうええ加減に去《い》んでおくれやす。勘弁しておくんなはれと謝りながら、子どもがわたしに一つ撲《なぐ》られたさかい、ほんまは文句を付けにきたのではありまへんやろなあ。見ただけでも薄汚いしょうもない親子やわ。わたしはあれこれ胸が癒《い》えしまへん。こんな不快な気持、どうしてくれはるんどす」

わめくように怒鳴っているのは、枡屋の斜め向かいで饅頭《まんじゆう》屋を営む「筒井屋《つついや》」佐《さ》兵衛《へえ》だった。

岩蔵はかれの口汚い言葉をきき、鉄槌を置いて立ち上がった。

幼い子どもの泣き声と、筒井屋佐兵衛に詫びている男の声が、あまりに哀れだったからである。

「どないしたんじゃ——」

岩蔵は長坂口の表に出て、大声をかけた。
六、七歳の子どもの泣き声が一段と高まり、痩せた父親が土下座し、顔を地面にこすり付けんばかりにして、両手をついていた。
枡屋の店では、主の半左衛門が竹七の手伝いを受け、ようやく馬蹄を打ち付け終えたところだった。

二

筒井屋の前には人集《ひとだか》りができていた。

南北にのびる長坂越丹波街道をいく人たちも足を止め、饅頭屋の主佐兵衛と親子のやり取りの帰趨《きすう》を見守っていた。

「いつまでも土下座してぺこぺこ平謝り、このわたしにこれ以上、どうさせたいんどす。さっさと去んでくれというてまっしゃろ。そないに謝られ、わたしは迷惑してますわ。仰山の人集りができてしもうているのが、おまえらには見えしまへんのか。店先でそない平蜘蛛《ひらぐも》になられてたら、筒井屋の信用にも関《かか》わりますがな」

佐兵衛が男親にまた怒鳴った。

一旦、低くなっていた男の子の泣き声が、再び大きくひびいた。

かれも土下座して泣いていた。

「ふん、たかが饅頭屋、なにが筒井屋の信用じゃい——」

岩蔵が大声を上げたにも拘らず、佐兵衛はかれをちらっと見ただけで、怒りを静めなかった。

大勢の目が今度は岩蔵に集まった。

「この界隈の子どもたちの何人かが、筒井屋の前で遊んでいて、店先に並べられていた饅頭を一つ、盗んだというのどすわ」

近所の顔見知りが岩蔵に告げた。

「なにっ、饅頭を一つ盗んだんやと」

「へえ、そうやそうどす」

「それは筒井屋の饅頭やのうて、枡屋の店先に落ちてた馬の糞《ふん》とちゃうか——」

この一声でどっと笑いが起った。

「確かに饅頭と馬の糞は、よう似てるさかいなあ」

「遊んでた子どもたちは、筒井屋の奉公人の姿を見て、ぱっと逃げ散りました。けどあの八十松《やそまつ》いう子どもが逃げ遅れ、捕まってしもうたんどすわ。そやけど八十松は、自分は盗んでへんといい張ってます。奉公人に頰《ほ》っぺたを叩かれているとき、店の奥から出てきた旦那の佐兵衛はんが、おまえみたいな強情な奴の親の顔が見たいもんやと、いい出さはったんどす」

「そやさかい八十松は、それを真に受け、病気で寝ている父親の栄三《えいぞう》を無理に起し、ここまで連れてきたんどすわ」

「それはきき分けのええ子やろうが、ほんまに連れてくるとは、ばかな奴ちゃ」

「岩蔵はんは、ばかな奴やといいながら、本心では素直な子どもやと思うてはるんどっしゃろ」

「そんなん、あたり前のこっちゃ。横着な子どもなら、病気で臥《ふ》せる父親を連れてなんかきいへんわい。そこのところがわからへん筒井屋の親父《おやじ》も親父や。商いの邪魔になる、早う去んでくれと怒鳴っているより、自分が鉾《ほこ》を収めるのが先やわ。そうしてさっさと店の中に引っ込んでしもうたら、それで決着やがな。いくら暖かいというても、まだ冬の街道。子どもの親が寒そうに震え、咳き込んで苦しげにしているやないか」

かれがいう通り、八十松の父親は両手をついて謝っているうち、前倒しになり、激しく咳《せ》き込んでいた。

それでも筒井屋の佐兵衛は二人の前に立ちはだかり、憎々しげに親子を睨《にら》み付けていた。

父親の栄三は、店先から去る機会をすでに逸してこのありさまだったのだ。

「どうしようもないなあ。街道の埃《ほこり》をかぶった饅頭の一つぐらい、盗《と》られたの盗ってへんのと騒ぐことでもないやろ。そやけどこのまま捨てておいたら、親父のほうが死んでしまうわい」

岩蔵はやいといい、三人に近づいた。

「おまえは枡屋の岩蔵――」

「おまえは筒井屋の佐兵衛。なんでこんな揉《も》め事を、いつまでもごたごたと長引かせているんじゃい。てめえが店の中に引っ込んでしもうたら、この親っさんが家に戻れるやないか。寒さのため咳き込み、倒れ込んではるのが見えへんのかいな。無慈悲にもほどがあるわい。こうなったら、わしが面倒を見させてもらうさかいなあ」

岩蔵は佐兵衛を睨み付けていい、うつ伏せに倒れ込んでいる栄三に両手をのばし、ひょいと抱き上げた。

急いで店に戻り、その身体を炉のそばで温めさせようと考えたのであった。

「お父っつぁん――」

八十松が驚いて岩蔵の背後につづいた。

「おまえ、八十松いうのやてなあ。ほんまにばかな奴じゃ。自分が饅頭を盗んでへんのやったら、筒井屋の親父が親の顔が見たいというたかて、連れてこんかったらよかったのや。これは正直者がばかを見るということになるのやわ」

かれは栄三を抱え、枡屋に戻ってくると、主の半左衛門や竹七たちがあっけに取られているのを尻目に、鞴のそばにかれを横たえた。

近くで炉炭が盛んに燃えており、暖かかった。

枡屋の表では、ことの成り行きをうかがっていた人々が、ようやく散り始めていた。

「小六《ころく》、見たやろ。あれが岩蔵という奴ちゃ。あいつがいたずら半分に打った合口が、無銘やけど備前長船の極めが付けられ、百両で売買されたそうやわ。尤《もっと》も当人は全く知らんことやけどなあ」

「勝五《かつご》郎《ろう》の兄貴、そしたらあの岩蔵をうまくいいくるめ、刀でも合口でも造らせたら、大儲けできますなあ」

「まあ、そういうこっちゃ」

「あいつがこっちの思う壺《つぼ》にすんなり嵌《はま》ってくれたら、いうことないのやけど。そうできますやろか――」

「いまのようすを見ていると、岩蔵の奴は話の持っていきようで、わしらの思う壺に嵌ってくれるかも知れへん。栄三の娘のおさんは、いま北野の遊廓《ゆうかく》で女郎働きをしている。西陣で安い給金で働きに働いていた栄三が、胸の病で倒れ、その親父と弟妹二人を食わせていかなならんからや」

勝五郎はひそひそ声でつづけた。

「岩蔵は人が苦労しているのを、黙って見てられへん質《たち》みたいやさかい、親子のどっちからともなく、そんな事情をきっときき出すやろ。そしてなんとかしたいと考えるに決ってるけど、自分には廓《くるわ》からおさんを身請けするだけの銭はあらへん。枡屋の旦那かて、岩蔵がどんなに頼んでも、おまえがどうしてそうまでせなあかんのやといい、金策を断るに違いない。そんな岩蔵に、わしらが巧みに近づく。合口の五、六本でも造っておくれやしたら、解決するのとちゃいますかと、甘い言葉でささやくのやわ」

「さすがは勝五郎の兄貴、早速、うまい算段を付けはりますのやなあ」

「なあに、これも千載一遇《せんざいいちぐう》という奴やわいさ。たまたまここを通りかかり、あんな出来事を目《ま》の当たりにしたさかい、ひょいと頭に浮かんだだけのこっちゃ」

勝五郎は誇らしげに小六に笑いかけた。

かれと若い小六は、北野遊廓を仕切る萬屋重兵衛《よろずやじゅうべえ》の小頭と子分だった。

勝五郎は小六に普段から目をかけていた。

「そやけど勝五郎の兄貴、あの枡屋の仕事場で、いたずら半分に見せかけるにしても、五、六本もの合口を造らせるわけにはいかしまへんやろ」

「そうやなあ。それをどこで造らせるか、いま考えていたところや。わしの幼友だちに、粟田口《あわたぐち》で刀鍛冶をしてる男がいる。粟田口は昔、有名な刀鍛冶が住み着き、刀を造っていた場所やったそうや。けどいまは名前だけになり、わしの幼友だちも、帯刀を許された町人が、腰に差す鈍刀《なまくらがたな》を造ってるにすぎへん。その幼友だちは松次《まつじ》というてなあ。博奕《ばくち》好きな男で、金の匂いさえ嗅《か》がせたら、すぐにでも鍛冶場を貸してくれるはずや。岩蔵の奴に近づいたうえ、粟田口に引っ張り込んだらええのや。粟田口の鍛冶場でなら、刀でも合口でも、どれだけ鉄槌の音をひびかせていたかて、誰にも怪しまれへんさかい」

「それは好都合どすなあ。勝五郎の兄貴、そうしまひょ。岩蔵の奴に凄い合口を造らせ、それに本阿弥家か、目利き自慢に極めを付けさせたらよろしいわ」

「いまのところ、わしとおまえの間で話はとんとん拍子に進んでるけど、さて岩蔵の奴、こっちの思惑通りになるやろかなあ。奴は自分の造った刀をどう思うているのか、それをまず知りたいところや。それにいざ刀を造らせる段になったら、刀剣屋を廻らせ、名高い刀や合口を、買う振りをして、奴にいろいろ見せて学ばせなあかんわい。どんな刀でも合口でも、ええというわけにはいかんさかい」

「なるほど、そうどすなあ」

小六は勝五郎の考えに感心していった。

「それより先に、わしらが岩蔵の奴とどうして関わりを持つかを、思案せなあかん」

「あの岩蔵、女郎屋通いか酒、それとも博奕でもせいしまへんやろか——」

「女子や博奕の話はきかんけど、酒だけは好きなようや」

「博奕はともかく、女子を抱く気もないとは、男として情けない奴どすなあ。そやけど酒好きとは、こっちには好都合どすがな。どこへ酒を飲みに出かけるのか、それを探らないけまへんなあ」

「岩蔵の奴はときどき街道を南に下り、蓮台野村《れんだいのむら》のはずれにある『安楽《あんらく》』という居酒屋に行くそうやわ」

「もうちょっと南に下ってくれたら、萬屋の島（勢力範囲）に入るのに残念どす」

「残念は残念やけど、島に入ってこられたら、わしらの企みが、重兵衛親分の耳に届いてしまう。その面倒を考えると、いまのままのほうが安全とちゃうか。わしらが居酒屋の安楽に、網を張ってたらええのやさかい。親分に隠れてまとまった銭を摑むため、わしらも慎重にせなあかんのやわい」

「勝五郎の兄貴がいわはる通りどすわ」

小六は納得した顔でうなずいた。

枡屋では栄三が、暖を取ったせいか、ようやく炭炉のそばから起き上がった。

八十松が、岩蔵が盆にのせて持ってきた雑炊を、父親に食べさせようとしていた。

北山から吹き付ける風が、冷たさを加えていた。

岩蔵は三日に一度ぐらいの割で、長坂口を南に向かい、居酒屋の安楽に出かけていた。

枡屋に住み込んでいるかれは、鍛冶場の隅に設けられた小部屋で寝起きしている。そこで独り酒を飲んでいても味気ないため、安楽に出かけていくのであった。

安楽は長坂越丹波街道に沿った居酒屋。近くに数軒の安宿があり、その客は京見峠を越え損ねた人々が多かった。

安楽の向かい側に大徳寺《だいとくじ》の藪《やぶ》が鬱蒼《うつそう》と繁《しげ》り、南には北野遊廓の明かりが見えるほどの距離だった。

この界隈は、洛中《らくちゅう》で最も高い場所に位置し、南に大きな伽藍《がらん》を構える東寺《とうじ》の五重塔の九輪の先と、ほぼ同じ高さだといわれていた。

京はそれほど高低差の激しい町なのである。

その夜、岩蔵は竹七とともに安楽にくると、肘《ひじ》付き台の前に腰を下ろし、旬の若狭《わかさ》鰈《がれい》を肴《さかな》に、猪口《ちょこ》（盃）で酒を飲んでいた。

狭い店に四つ置かれた飯台は満席。店は賑《にぎ》やかだった。

「岩蔵はん、先日の騒ぎには驚きましたわいな」

「あの八十松というばかたれ。饅頭を盗んでもいいへんのに、逃げ遅れてひっ捕えられてしもうた。筒井屋の親父から、親の顔が見たいといわれたさかい、ほんまに父親を連れてくるとは、全く考えられへんどじな奴ちゃ」

岩蔵は腹立たしげな口調でいい、猪口をぐっとあおった。

かれは人を褒めるとき、ばかだのどじだのと口汚くいう癖がある。

本当は八十松に好意を抱いているのが、竹七にはわかっていた。

竹七は枡屋で岩蔵の兄貴分になるが、いまではすっかりかれに信頼を寄せ、万事、ひかえめにしている。

一方、岩蔵は人前では竹七を、なるべく立てるようにしていた。

「ほんまに岩蔵はんがいわはる通りどすわ。盗《と》ってもいない饅頭を、盗ったのではないかと疑われ、父親まであの始末どすさかい。それにしても、八十松の姉のおさんは十八歳。病気で臥せる父親や弟妹の暮らしを立てるため、北野遊廓へ六年の年季奉公とは、哀れな話どすなあ。六年の年季奉公というても、一旦、遊女となれば、あれこれと次第に借金がかさみ、なかなかあの世界から足を洗えしまへん。やがては身体を病ませ、死んでいく者が多おす」

「北野遊廓で年季奉公をしている女子たちは、だいたい丹波や丹後の農村や漁村からきている。わしは女衒《ぜげん》たちが、どっかに食い詰めている家、年頃の娘のいる家はあらへんかと、へらへら顔で村々を廻っている姿を、よう見かけたわい。丹後や丹波から北野遊廓に身売りしてくる女子たちはなあ、大概、京の西陣へ奉公に行くと、外面《そとづら》を繕ってるのや。そんな哀れな泣き別れの姿を、わしは何度も何度も見てきたんじゃ。わしが女子に生れてたら、おそらくそうされてたやろ。そやさかいわしは、北野遊廓には行く気にならへんのじゃわい」

「京の西陣へ奉公に行くというて、女郎働きにどすか——」

「ああ、ほんまのところはそうやわいな」

竹七が岩蔵から感じているのは、どうやらかれは両親や兄弟を子どもの頃に失い、叔父の鍛冶屋に独り育てられたらしいことだった。

岩蔵は自分の出自について、誰にも語ろうとはしなかった。

かれを京に伴ってきた先代の半左衛門は、叔父の鍛冶屋にそれなりの謝礼を払ってきたそうだとだけはきいていた。

枡屋からこの居酒屋へ酒を飲みにくると、岩蔵は遠くで明滅する北野遊廓の小さな明かりを、しばしば立ち止まって見つめているときがあった。

竹七はその姿と先日の出来事を回想し、岩蔵にはあるいは姉か妹がおり、彼女らがそこで身売り奉公をしているのではないかと考えたりした。

岩蔵の姉がかれよりずっと年上だとすれば、顔さえもうわからなくなっているだろう。遊廓の明かりを見る岩蔵の目付きは、そんな思いを竹七に抱かせるものだった。

たとえば二人で北野遊廓に遊びに出かけたとする。部屋に入ってきた敵娼《あいかた》が、もし自分の姉か妹だったらどうなるのだ。

そんな場面を想像すると、竹七は頑丈な体軀《たいく》の岩蔵が、無性に不憫《ふびん》に感じられた。

そうした危惧《きぐ》の気持が、先日、店先で起った出来事へ、岩蔵が見せた対応に表われているのではあるまいか。

かれは栄三と八十松の親子から事情をきいた後、一旦、自分の部屋に戻り、なにかを八十松に握らせた。

一朱金などの金に違いなかった。

「竹七の兄貴、そしたらもう戻りまひょか——」

岩蔵は懐から巾着を取り出すと、突然、かれをうながした。

「そうやなあ。今夜は寒いさかい、早う帰って寝てしまおか」

二人が勘定をすませ、肘付き台の席から腰を上げたとき、安楽の表戸が開かれた。

店に入ってきたのは、勝五郎と小六だった。

「おやっ、これはこれは——」

勝五郎が二人に向かい慇懃《いんぎん》な声を発した。

「どなたさまでございましょう」

岩蔵は丁寧にたずねた。

「へえ、詮《せん》ない事情が重なり、いまはしがない稼業をしている者どす。数日前、長坂口で見せていただいたおまえさまはお見事。弱きを助け強きを挫《くじ》くその扱いぶりには、感心させられた次第どす」

「おまえさまたちは、あの騒動の場にいてはったんどすな」

「はいな、しっかり拝見させていただきました。お近付きの印に、もうしばらくご一緒にいかがどす」

「お褒めいただいたうえに、ありがたいお勧めやけど、いま帰ろうとしたところどす。ご無礼ながら、またにしておくれやすか」

この安楽で何度か見た顔だと思いながら、岩蔵はきっぱり断った。

「さようどすか。不粋にお引き止めしまへんけど、次にお会いしたときには、盃の一つでも受けておくれやす」

「へえ、そうさせておくんなはれ。それではお先に失礼させてもらいますわ」

岩蔵は竹七をうながし、外に出た。

「兄貴、惜しいことをしましたなあ」

「まあ、初めはあれでええのや。ことを急《せ》いたら仕損じてしまうわいな」

岩蔵たちが空けた席に腰を下ろしながら、小六と勝五郎はこんなささやきを交わした。

「ああ、外は寒いなあ――」

満天に輝く星を仰ぎ、岩蔵がつぶやいた。

三

あちこちで梅の花が咲いている。

どこからともなくきこえてくる鶯《うぐいす》の鳴き声が、のどかであった。

公事宿「鯉屋《こいや》」の客間には、四条・高倉で刀剣屋を営む「柏屋《かしわや》」の主平兵衛《へいべえ》が峻厳《しゅんげん》な顔で坐り、主の源十郎《げんじゅうろう》や田村菊太郎《たむらきくたろう》と向き合っていた。

いま菊太郎の手には、白鞘《しらさや》から抜かれた長さ七寸一分余り（二十一・六センチ）の短刀（合口）が握られている。

じっと見つめられ、茎《なかご》が柄《つか》に納められたところだった。

短刀の反りはわずか。元幅は一寸二分余り（約三・八センチ）。長さにくらべて身幅の広い平造り。丸棟《まるむね》で重《かさ》ねは薄く、鍛えは板目肌、地沸《じにえ》は厚かった。

刃文はゆったりとして、帽子は乱《みだ》れ込み、先はわずかに尖《とが》り気味。茎は舟型、生《うぶ》で無銘。一見して「庖丁正宗《ほうちょうまさむね》」に似ていた。

菊太郎はふうっと大きな息をつき、その短刀を白鞘に納めた。

「柏屋の主どの、この刀はいかにも豪宕《ごうとう》なできで、人の腕でもすぱっと落せそうじゃ。腹をかっさばくのも容易であろう。だがわしが鑑たところ、凄い短刀だが品に欠け、おそらく正宗の贋物《がんぶつ》であろう。もうしてはなんだが、これは鍛《う》たれてからまだ日が浅く、大袈裟《おおげさ》にいえば、刀身が熱いぐらいじゃ。されど凄い短刀には間違いない。いまの世に、これほどの贋物を造る刀鍛冶がいるとは驚きじゃわい。かほどの刀鍛冶、贋物など造らず、己の銘を鏨《たがね》で刻めばよいものになあ。本阿弥光悦の極めまでが贋物とは、念の入った仕業じゃ。わしは刀の目利きではないが、それくらいわかるわい」

「菊太郎の若旦那、やっぱりそうどしたか——」

最初から肩を落していた柏屋平兵衛と同様に、源十郎もがっかりした顔でつぶやいた。

「わたくしも刀剣屋を営む商人。店に持ち込まれた刀を一見するなり、これは相州正宗だと、欲に目を眩《くら》ませて思い込み、百五十両でつい買うてしまいました。けどやっぱりどしたんや」

「人間、欲に目を眩ませると、ろくなことがありまへんなあ。わたしも気を付けなあきまへん」

柏屋平兵衛は、貧乏浪人の後家だと名乗った年増が、店に持ってきたこれに大金を出したのであった。

彼女は死んだ夫が大切にしていた重代の家宝だと、その来歴をのべていた。

平兵衛は鯉屋を訪れるまでに、すでに三人の目利きに、正宗だと思い込んだこの短刀を披露していた。

一人はとんでもない掘り出し物だと目を輝かせたが、あとの二人はいずれも首をひねった。

数日、その短刀を見ていると、なぜか次第に魅力が失《う》せて感じられた。自分の欲がこの短刀を、無銘なれども正宗だと決め付けただけなのに、やがて気付かされた。だがそれでもまだ諦《あきら》め切れない。それで懇意にしている鯉屋源十郎に鑑せにきたのであった。

刀工正宗の名は、幼い子どもでも知っている。

鎌倉末期、相州（相模国《さがみのくに》）に住した巨匠。一条兼良《いちじょうかねら》の『尺素往来《せきそおうらい》』には、「近世の名人」「不動の利剣に異ならざる者か」と記されている。だがかれには在銘の作が少なく、明治の中頃には正宗抹殺論が敷衍《ふえん》したほどだった。

ところが室町時代の刀剣書には、正宗が刀に銘を刻まなかったのは、「自分の作った刀は世にまぎれのないものであり、銘をきる必要はなかった」からだと記されている。またかれは鎌倉幕府のお抱え刀鍛冶のため、幕府御用で鍛刀したものが多く、無銘にされていたというのである。

　刀剣の鑑定は極めてむずかしい。ことに相州上作物《じょうさくもの》の鑑定は困難とされ、よほどの目利きにしかできなかった。

　庖丁正宗――と名づけられた短刀は、『享保《きょうほう》名物牒《ちょう》』にのせられており、まさに庖丁の趣を持つ短刀。日向《ひゅうが》・延岡《のべおか》藩主内藤《ないとう》家伝来のものもそれに似ており、護摩箸《ごまばし》の透《すかし》彫《ほ》りが施されているため、別名「庖丁スカシ正宗」ともいわれている。

　このほかはっきりした正宗の刀は、武州《ぶしゅう》・忍《おし》城主松平下総守《しもうさのかみ》家伝来のもので、元は安国寺恵瓊《あんこくじえけい》が所持したというが、いまは国宝に指定され、細川家に蔵されている。

　また尾張《おわり》徳川家伝来の短刀が、国宝に指定されていると、『日本の美術』（佐藤寒山編）にのべられている。

　それほど正宗の刀は少なく、その有銘作はほとんどが短刀。さらに名物不動正宗、大黒正宗、京極家伝来正宗、本庄正宗などが知られ、大黒正宗には「正宗作」の銘がはっきり刻まれていると、前述の書物に記されている。

「欲に目を眩ませ、売りにきたご浪人の後家から、百五十両で買い取られたといわれたが、それで柏屋平兵衛どのは、これをいくらで売ろうとされていたのでござる」

　かれにたずねたのは菊太郎だった。

「へえ、二千両か三千両。それくらいなら、どこでも売れると考えておりました」

「二千両か三千両。百五十両で買い取ったものを、そうまで高額で売ろうとはあきれますわい」

「そやけど菊太郎の若旦那、およそ古物を扱う業者は、そんなもんどっせ。安う買うて高う売らな、商いにならしまへん。毎日、売れる品ではありまへんさかいなあ」

「そなたはさようにもうすが、だからこそ商人は、士農工商と身分が定められている中で、一番下に位置付けられているのじゃ」

「そやけど、世の中を動かしているのは、武士ではのうて、ほんまは商人ではございまへんかいな」

「石田《いしだ》梅岩《ばいがん》が石門心学によって、商人が利を得るのは武士が主から禄《ろく》を給されるのと同じだと説き始めてから、商人はにわかに勢いを得て、商い熱心になった。だが商人は同時に、勤勉で質素に暮らせとか、世間をまっとうにするさまざまな責務を、課されているのじゃぞ。されどいまの商人は、正直なところそれを果たしているとは思われぬ。このままでは、とんでもない世の中になってしまおうぞ」

「若旦那、ここでそんな議論は止めときまひょ。それよりこない巧みに造られた短刀が、世間に出廻ったら、ひどい損をこうむる人々が、後々もつづきますわ。どこでこれほどの短刀が造られているかわかりまへんけど、その点はどうどっしゃろ」

源十郎が菊太郎の正論をほかに向けた。

「柏屋平兵衛どの、とんでもない贋物を鑑せられたため、つい徒《いたずら》な言葉を吐いてしまいましたが、お許しいただきたい。世の中にまっとうな商人がいるぐらい、承知しておりもうす。それでこの短刀が、どこで造られているかについてのべれば、やはり畿内でございましょうなあ」

「若旦那、それはどうしてどす」

たずねたのは源十郎だった。

「これほどの短刀には、質のよい砂鉄を溶かしてつくった玉鋼が必要だからじゃ。わが国のあちこちから、良質の砂鉄は産出されるが、それを溶かして玉鋼にしたものとなれば畿内。しかもこの京での入手が最も容易であろう。京の釜《かま》師大西《おおにし》家では、良質の玉鋼を得るため、古刀を買い集め、その一部を用いているそうじゃ。それほど玉鋼は得難いもの。古鉄を集めていくら叩いたとて、すぐれた刀はできぬわい。わしはもしかいたせば、とてつもなく腕の立つ刀鍛冶が、どこからかならず者たちに連れてこられ、京のいずこかでいまも無理強《じ》いされ、贋正宗を造らされているのではないかと案じておる。玉鋼はそれを打つ音だけでも並みとは異なろう。ましてやかほどの刀を造る輩《やから》、槌音《つちおと》はただならぬものに決っておる」

「若旦那はそう思わはりますか――」

「いかにもじゃ」

「そしたら若旦那なら、それをどのようにして探索しはります」

「わしに探索をともうすのなら、刀を打つ音を探って突き止めるわい。これほどの贋正宗、鉄槌の音をきいただけでわかるはずじゃ。この京でなら、さしずめ粟田口であろうな。あの界隈にはいまも刀鍛冶が住み付き、町人が腰に帯びる鈍刀を造っているからのう」

菊太郎はあっさりいってのけた。

粟田口は京の七口の一つ。三条大橋以東、日ノ岡に至る東海道（大津街道）沿いの一帯を指す。鎌倉期以降は刀工の居住地として知られていた。

粟田口鍛冶は、三条《さんじょう》小鍛冶と並び称されている。江戸初期に粟田口焼きが興り、中期には茶碗の同業者町が形成されたが、刀鍛冶は少数ながら、いまでも数打ちの鈍刀を造って生業を立てていた。

刀剣鑑定には五カ伝という言葉がある。

これは山城・大和・備前・相州・美濃の五カ国の作風が基で、ほかの国の刀工は、この五カ国のいずれかの流れを汲《く》むものとされる意。京では平安末期から鎌倉時代にかけて三条、粟田口、来《らい》――などの諸派が生れている。

粟田口は三条にも等しく、ここからは宗近《むねちか》や三条吉家《よしいえ》が出ており、鎌倉時代には粟田口国友《くにとも》・久国《ひさくに》・吉光《よしみつ》など、さらに次の世代には粟田口則国《のりくに》・国吉《くによし》たちなどすぐれた刀工を輩出した。

「そうすると若旦那は、粟田口の辺りをぶらぶら歩いてみるといわはるのどすな」

「まあそうだが、京の北の上賀茂《かみがも》村や東の浄土寺《じょうどじ》村、南の吉祥院《きっしょういん》村の辺りも廻ってみるわい。野鍛冶がいたしているかもしれぬのでなあ」

「野鍛冶、鍬や鋤など農具を手がける野鍛冶が、こんな見事な贋物を造りますやろか」

刀剣屋の柏屋平兵衛は、醒《さ》めた声でつぶやいた。

「野鍛冶とて人物と腕次第。侮《あなど》れぬわい。ついで京七口の近辺に店を構える馬蹄屋にも、注意いたさねばなるまい。馬のひづめを造る蹄鉄屋じゃ。そんな店の奥で鉄槌を振るうていたとて、誰も不審には思うまいでなあ」

「なるほど、さようでございますなあ」

これは源十郎の言葉。菊太郎の考察は、ぐっと核心に近づいていた。

翌日からぶっさき羽織に伊賀袴《ばかま》、足許《あしもと》を草鞋で固めた姿で、菊太郎のぶらぶら歩きが始められた。

「こんな贋正宗を摑まされ、大損をするのは、わたくし一人で結構どす。こんなんでは、刀剣屋はおちおち商いをしてられしまへん。どんな刀を巧みに造られ、売られるかわからへんからどす。そやけど恥ずかしゅうて、町奉行所に被害の届けなんか出せしまへん。ともかく贋物造りの連中を突き止めておくんなはれ。その不埒《ふらち》を厳しゅう罰してもらわななりまへん。それで大損をしたついでに、百両払わせていただきますさかい、是非ともお願いいたしますわ」

菊太郎の探索は、柏屋平兵衛の憤懣《ふんまん》やる方ない言葉に、すっと誘われてのものだった。

「源十郎、これは公事宿のいたすべき仕事だろうかなあ。わしは百両の金をといわれ、つい承知してしまったのじゃが——」

平兵衛が鯉屋から辞していった後、菊太郎は源十郎にたずねた。

「そんなん、わたしは知りまへん。わたしには若旦那が、話をそっちのほうに持っていったように見えましたで。結果が知れ、柏屋はんから百両の金を出されたかて、わたしは受け取らしまへん。そのままそっくり若旦那にお渡ししますわ」

「正宗は誰もが欲しがる刀じゃ。全国に将軍直参《じきさん》で、知行一万石以上をいただく大名諸侯がどれだけいるのか、正確には知らぬ。だがそんな大名諸侯が、相州正宗のほか村正《むらまさ》や備州長船景光《かげみつ》、関《せき》の孫六《まごろく》、新刀では丹波守吉道《たんばのかみよしみち》など、この後、続々と出てくるであろう贋刀を、競い合って買い求める。それらを柳営で小躍りして披露し合っている姿を想像すると、阿呆《あほ》らしくて笑えてくるわい。金にいたせば何十万両かが、誰かの懐にごっそり入るのだからなあ」

「大名諸侯は四百数十。一人の刀鍛冶がどんなに長生きしたかて、それだけの数は造れしまへんわ。そやけど、そんな不埒をいわはってはなりまへん。若旦那のご実家の田村家は、曾祖父さまの代から東町奉行所の同心組頭。銕蔵《てつぞう》さまのお立場やご身分にも障りますがな」

「立場や身分か。まことのところ、あれほど厄介なものはないのじゃがなあ」

「そらそうどすけど、田村家の中に若旦那みたいなお人が一人いるのも、また厄介どっせ。そやけどその厄介者が、思いがけない出来事が起ったときには、妙に役立つのどすさかい、やっぱり厄介者ではありまへんわなあ」

「わしは世の中に、厄介者など一人もいないと考えているわい。厄介者もならず者も、さらにはあれこれいわれる者がいてこそ世の中。ならず者とて必要とされる場合もあるはずじゃ。駕籠に乗る人担ぐ人、そのまた草鞋をつくる人との諺《ことわざ》があろうが。この諺は身分の違いを指しているのではないぞよ。それぞれいずれも必要な役割だともうしているのだと、わしは解しているのだが、どうだろうなあ」

「わたしもその通りだと思いますけど、世の中はそうではございまへんわ。身分の違いを示しているのやと、一般には考えられてます」

「聖人賢人の至言もまっとうに解釈されず、歪《ゆが》んで受け止められているのじゃ。尤《もっと》もそれもまた世の中かも知れぬわい」

菊太郎は源十郎とのそんな会話を思い出しながら、三条口から廻り始め、五条橋口、東寺口、鞍馬《くらま》口を二日かけて巡った。

馬蹄屋は馬の足屋ともいわれている。

だがあちこちに馬蹄屋は幾軒か構えられているものの、それらしい音はどこからもきこえなかった。

七口の一つに近い腰掛茶屋で休んだ。

玉鋼を鍛える音を探るためだった。

馬蹄を打つ音をきき分けるため、その茶屋に長居をしていた。

「失礼ながら、お武家さまにおたずねいたしますけど、お武家さまはここでどなたさまかと、待ち合わせをしておられるのどすか——」

そうきいてくる主もあった。

「いや、そうではないが、わしは馬蹄を鍛える音が好きでなあ。その音をこうして楽しんでいるのじゃ」

「人をお待ちどしたら、外はまだ寒おすさかい、竈《かまど》のそばにお誘いしようと声をかけさせていただいたんどす」それにしても、妙なものがお好きなんどすなあ」

「さよう、全く妙なものじゃな。

と、自分が刀を鍛えているような気がしてな。とんかちとんかち馬蹄を鍛えている音をきいていると、自分が刀を鍛えているような気がしてな。わしは侍の家に生れなければ、刀鍛冶になっていたかもしれぬ」

菊太郎はこう主に水を向けたが、鞍馬口の腰掛茶屋では、目的に引っかかる言葉は返ってこなかった。

次に丹波口、長坂口、大原口を廻ったが、ただ凡庸な音をきくだけだった。

「今日も駄目どしたか――」

鯉屋に戻ると、下代《げだい》の吉左衛門《きちざえもん》にたずねられた。

その通りだと菊太郎は黙ってうなずき、明日は粟田口にまいろうと思っているとだけ答え、草鞋の紐《ひも》を解きにかかった。

正太《しょうた》がすぐさま濯《すす》ぎ盥《だらい》を運んできた。

翌日、かれは粟田口を探るため、三条大橋を東に渡った。

東海道は賑わっていた。

比叡山麓《ひえいさんろく》から流れ下ってくる白川の小橋を渡り、粟田口村に入った。

右の山沿いに建つ粟田天王社をすぎると、いきなり刀を鍛える音がひびいてきた。

一瞬、身構えたが、それはさほど気合のこもった槌音ではなかった。

ところが、その音の近くからさらにきこえてくる別の音は、調子のととのった力強いものであった。

二つの槌音の違いが、菊太郎にははっきりわかり、かれの神経がぴりっと緊張した。

——これは並みの刀鍛冶が、鋼《はがね》を鍛える音ではないわい。やはりあの贋正宗は、ここで造られていたのじゃ。

かれは周りの気配に注意しながら、その音をたどって近づいた。

そこには刀鍛冶たちが刀を造るための茅屋が、数軒建っていた。

菊太郎が耳にしている音は、数軒かたまった茅屋から、少し東に離れた一軒からひびいていた。

鋼を刀にするには、多くの場合、二人以上で鍛える。

鋼を精錬するため、鞴を用いて熱処理を行う。把手《とって》を手で押し、火に風を送るその鞴の音がはっきりきこえ、また調子のととのった力強い音がつづいた。

相打ちの刀鍛冶と、間合いを取りながら鋼をのばしているのは岩蔵だった。

かれのそばに勝五郎と弟分の小六が立ち、岩蔵の仕事振りをじっと見ていた。

茅屋の周りには、勝五郎が仲間に引き入れたならず者が二人、警戒のため徘徊《はいかい》していた。

菊太郎は早くからそれに気付き、草叢《くさむら》に身体を隠し、注意に怠りはなかった。

「岩蔵、気を抜かんと、しっかり刀を造らなあかんねんで。おまえに贋物やったけど、正宗の刀をちゃんと見せてきたやろ。あれ以上の上物を拵えるんや」

「長坂口の居酒屋で、わしに如才のう近づいてきたのは、こんなことをさせるためやったんか。最初、わしが造った贋の正宗、あれを確かに売って、八十松の姉のおさんを廓から身請けし、栄三の親父たちに小商いでも始められるだけの金を、渡しておいてくれたやろなあ」

「ああ、おまえとのその約束は大丈夫、きちんと果たしたわい。最初の刀は百五十両で売れたさかい、栄三は戻ってきたおさんと一緒に、丹波街道のどこかで、一膳飯屋《いちぜんめしや》をするつもりやそうや。おまえはいま四本目の正宗を造っているわけやけど、こんなん、いつまでもせいとはいうてへん。十本造ってくれたらええわ。こうしておまえが造った正宗を、江戸や大坂にも持ち込み、ゆっくり売り捌《さば》いて金にするのや。そやけどそれらを売るにしたかて、いろいろ小細工が要り、関わってくれたお人をただ働きさせられへん。すでに二十両の金を受け取ったおまえかて、もうわしらと同じ立派な悪の仲間なんやで。後々、分け前を十分やるさかい、おまえはその金を持ってこの京から立ち退《の》き、好きなことをするこっちゃなあ」

「こうなったらわしも、そう覚悟してるわ。京大坂の刀剣屋を随分、連れられて廻り、名人の造った刀をじっくり見せてもろうた。わしには大いに役立ったわい」

「それにしてもおまえは、どうしてそんなに刀を造るのが巧みなんやろ」

「勝五郎はん、わしはただ鋼を鍛えるのと、刀を見るのが好きなだけや。本物の村正を見たときには、背筋がぞくっと粟立ったがな」

「十本も正宗の刀を造ったら、その村正を買う金ぐらい十分にできるやろ」

勝五郎と話しながら、岩蔵は馬蹄屋の先代・半左衛門が、どうして自分を養ってくれた野鍛冶の叔父に十両もの金を払い、京に引き取ったのか、わかるような気がしていた。

半左衛門は自分が鉄を打つ音をきいただけで、刀鍛冶になる天賦《てんぷ》の才があると、感じたに相違なかった。

そう図ろうとする前に死ぬことになり、かれはどれだけ口惜《くや》しかっただろう。

だが意に沿う形ではないものの、それでも自分はこうして玉鋼を打ちのばしている。

岩蔵はあの世の半左衛門の耳に届けとばかり、鉄槌を振り下ろした。

四

鯉屋の客間に面した狭い中庭で、侘助《わびすけ》が可憐《かれん》な白い花を咲かせていた。

その客間に田村銕蔵は、火鉢に両手をかざしながら、いささか不機嫌な顔で坐っていた。

異腹兄の菊太郎が現われるのを、待っているのであった。

そこから少し離れた菊太郎の居間の襖《ふすま》が開き、歩廊にかすかに足音が立つのをきき、銕蔵は居住まいを正した。

「銕蔵、待たせて悪かったなあ」

「いや、そうでもございませぬ。されど今日は兄上どのに、少し苦情をもうし上げねばなりませぬ」

「わしに苦情とは、そなた恐ろしいことをもうすのじゃな。それはおそらくそなたに無断で、手下の弥助《やすけ》を使っていることであろうが――」

菊太郎は火鉢の反対側に坐りながらかれにたずねた。

左手に、白布にくるまれた七寸余りの細長い物を摑んでいる。

かれはそれをかたわらに置き、小さくふくみ笑いをもらした。

「いかにも、さようでございます。わたくしの立場として、弥助が兄上どののご用を果たすのは、一向にかまいませぬ。されど配下への手前もありますれば、一応、断りを入れていただきたいのでございます」

「それはまことに尤もなことじゃ。この件についてはわしが悪かった、謝る。されど緊急を要する事態のため、そなたに断りもなく、つい弥助に頼んでしまった次第じゃ。もうしわけなかったわい。まあ許せ、許してくれ」

菊太郎は端座したまま、銕蔵に頭を下げた。

「兄上どの、なにもさほどに詫《わ》びられずともようございます。わたくしは今後のために一言、苦言を呈したにすぎませぬ」

「いやいや、そなたの体面を考えなかったわしが悪かったのじゃ。これはわしの驕《おご》りと迂闊《うかつ》。組頭助《くみがしらたすけ》の岡田仁兵衛《おかだにへえ》どのは、さぞかし苦々しい思いでおられような」

「そうでもございませぬ。兄上どのがなにかの必要からさようにされたことは、誰もが察しておりますれば――」

「その苦情、わしはしかと胸に刻んでおくわい」

菊太郎は悪怯《わるびれ》ずにはっきりいった。

「ところで兄上どの、緊急を要する事態と仰せられましたが、いったいなにが起ったのでございます」

鋏蔵は表情を和らげてたずねた。

「そのことで、改めてそなたたち町奉行所の力を借りねばならぬと思うている。そなたの手下の弥助についてもうせば、粟田口のさる場所で、見張りについてもろうているのじゃ」

かれはそういいながら、膝許に置いた細長い白布包みの中から、白鞘の短刀を取り出した。

「鋏蔵、まずこれを見てくれ――」

菊太郎にうながされ、鋏蔵は居場所を横に移した。

両手で白鞘の短刀を受け取り、鞘をはらった。

全体の造りは薄いが、見るからに凄味のある短刀が現われた。

この身幅の広い短刀の鋒《きっさき》を、相手に突き付けただけで、短刀は自ずとその身体の中に吸い込まれていきそうな勢いを持っていた。

「ほう、これは容易ならぬ業物《わざもの》。庖丁正宗といわれる正宗の短刀ではございませぬか」

「いかにも。世上、庖丁正宗と称される逸品じゃ。滅多に手に入るものではなかろう」

「それがどうして兄上どのの手許にあるのでございます」

銕蔵は驚嘆した声でたずねた。

「そなたは刀について、なかなか造詣《ぞうけい》が深いのう」

「いや、さして深いわけではございませぬが、『能阿弥本銘盡《めいづくし》』などをいささか読んでおりますれば――」

刀剣の研究書は、鎌倉末期頃から刊行され、江戸時代には室町時代の原書をふくむ『古今《ここん》銘盡』『古刀銘盡大全』、また豊臣秀吉に仕えた鑑識家本阿弥光徳《こうとく》の写した『光徳刀絵図』などが版本として刊行された。ここには庖丁正宗も、絵図によってのせられていた。

「わしなど読本《よみほん》ばかり耽読《たんどく》しているが、さすがにそなたは違うわい。これを一目見るなり、庖丁正宗といい当てるとは、なかなかの目利きじゃ」

「それでその正宗、いかがされたのでございます。是非、きかせてくだされ」

鋲蔵は目を輝かしたままだった。

「これはさる刀剣屋から預かったものだが、実は惜しいことに贋物なのじゃ」

「こ、これが贋物。兄上どのは贋物と仰せられまするか。いやはや、これが贋物とは信じられませぬ」

「柄を抜き、茎を見てもよいが、まさしくいずれを確かめても庖丁正宗。されど残念ながら、これはいま出来の作。立派に拵《こしら》えられた極上の贋物なのよ。そして今日もこの手の正宗が、粟田口で鍛えられているはず。わしは弥助をそこに張り付かせているのじゃ」

「この正宗を造っているのは、何者でございます。さぞかし名の知られた刀匠でございましょうな」

「いやいや、それがなんのこともない。弥助とわしとで調べたが、元はただの野鍛冶。それがならず者たちに誑《たぶら》かされ、人を助ける金欲しさから、贋刀を造っているにすぎぬのよ。哀れな者に同情を寄せ、さして悪意もなく悪事をなしている心優しい男だというわい」

蛇《じゃ》の道は蛇《へび》。これは弥助がまたその手下を動かし、長坂口の馬蹄屋・枡屋にたどりつき、主の半左衛門や竹七などからきいてきた話だった。

二人は岩蔵について、北野遊廓を島にしている重兵衛親分の子分たちに誘われ、枡屋から暇を取って出て行ってしまったのどすと嘆いていた。

「あの岩蔵どしたら、肝のすわった男どすさかい、やがてはいっぱしのならず者になりまっしゃろ」

竹七は憤懣やる方ない顔で愚痴っていたと、菊太郎はきいていた。

「そんな元は野鍛冶だった男が、かようにすぐれた贋物を、ならず者たちに造らされているのでございますか」

「残念だが、そういうことよ。世の中にはどれだけ天賦の才をそなえていても、どうにもならぬことが多いものじゃわい。それにしても、かような品が数多く出回れば、世の乱れの一つともなる。わしは源十郎と相談し、まず確証を得るために動き廻った。当座、それだけ判明いたしたところじゃ。さればもうそろそろ銕蔵たちの出番だろうな」

「それがしどもの出番でございまするか」

「いかにもじゃ——」

「さすれば今日にでも、その不埒者どもをお縄にいたしましょうぞ」

銕蔵は手にしていた短刀を鞘に納め、それを菊太郎に返していった。

「そなたも気の早い、気儘《きまま》な男じゃわい」

「ついでにおききいたしまするが、その短刀、いずれから預かったのでございます」

「さる刀剣屋が鯉屋に、どうしたらようございましょうと、相談のため持ち込んできたのじゃ。だがその刀剣屋は、これを本物と思い込んで買い取った己の欲と不明を恥じ、名を出すのはご容赦くだされともうしていた。その旨をしっかり胸に刻んでおいてもらいたい」

「さればその被害を、町奉行所には届けぬのでございますか――」

「ああ、そうじゃ」

「それでは事件の立証がむずかしゅうございまする」

「それならわしが、さる刀剣屋から買い受け、大損をしたということにいたせば、どうじゃ。わしとて武士の端くれ。その刀剣屋の名は決して明かせぬと、お白洲《しらす》で詮議の与力に頑張れば、それで通らぬかのう」

「兄上どのは欲に目を眩ませた愚か者扱いをいたされまするぞ。それでもよいのでございますか」

「歴代、東町奉行所同心組頭を務める田村家の中に、妙な男が一人いるぐらい、広く知られていよう。それゆえ、わしは痴《し》れ者だと笑われてもよいが、異母弟とはもうせ、そなたはどうなのじゃ」

「わたくしとてかまいませぬぞ。まあ兄上どのが吟味の与力どのに、その刀剣屋の名は明かせぬと頑張られれば、事情を明察され、あっさりそうかとなりましょうな。兄上どのを拷問蔵に入れ、石を抱かせたり吊るし責めにしたりなどできませぬゆえ。またこの贋正宗、数多く出回り、世を騒がせるまでには至っておりますまい」

「時期から考え、不埒者どもの手から離れて売却されたのは、まだ一振りか二振りだろうな」

「兄上どのが刀剣屋の名を明かされず、またご自分の被害届けも出さぬとなれば、この手の事件は穏便に処理されましょう。相手がいたずら半分だったと強く主張いたせば、それが認められぬでもございませぬ。また売った者とて、本物だと信じていたともうし立てれば、それまででございますゆえ」

「贋物造りの男は強いお叱りを受け、造らせていたならず者たちは、百叩きぐらいですまされるともうすか」

「話の持っていき方次第では、そうすることもできましょう」

「ならば、それが一番よいのではあるまいか。町奉行所は徒《いたずら》に罪人を作り立てる場所ではないからなあ。何事も穏便が大切。罪人など出ぬにこしたことはない。捕えられた男たちも、この機に堅気な暮らしに戻ってくれればよいのだが。もしわしがお白洲で、穏便に処置いたさねば、大袈裟に被害届けを出してくれると脅したら、どうなるであろう」

「吟味与力どのが困惑いたされましょうが、お人によっては、面白がられるかも知れませぬ」

「いっそこの贋物の庖丁正宗、わしは道端で拾うたとでも主張しようかのう」

「兄上どの、そこまで無茶を仰せられても、お白洲では通りませぬぞ」

銕蔵は真顔で菊太郎を諭した。

正午すぎ、粟田口の鍛冶場が銕蔵たちによって急襲され、岩蔵をはじめ勝五郎と小六、ほかに三名が捕縛された。

「わしは三振りの贋正宗を造り、四振り目を打ちかけていたところや。どうせならあれを仕上げたかったわい」

東町奉行所に連行されるとき、岩蔵は捕り方に加わっていた菊太郎に愚痴った。

かれにはさして罪の意識がないようだった。

お牢に入れられ、詮議を受ける間、岩蔵は銕蔵から悪行の結果をきかされた。

最初に打った一本が、売却されて換金された。勝五郎と小六の手で、栄三の娘おさんが五十両で北野遊廓の「柊屋《ひいらぎや》」から身請けされ、栄三に三十両が渡され、かれらはいま長坂口で一膳飯屋を開いたばかりだとの話だった。

「勝五郎はんが人を使い、百五十両で売り払ったというてたけど、あれは本当やったんやなあ。八十両が八十松親子に渡ったわけか。わしが二十両もろうてるさかい、あとの五十両がなにやかやに消えてしまったんやな。わしの相槌を務めてくれた粟田口の刀鍛冶は、勝五郎はんに頼まれ、手伝ってくれたにすぎへん。要はこれは人助け。半左衛門さまかて、あの世で怒ってはおられへんはずや。自分の見込んだ通りやったわいと、きっとよろこんでくれてはるやろ」

岩蔵は、贋の正宗を造る茅屋を探り当てたのは自分だと伝えた菊太郎に、満足そうにこういった。

結果、お白洲でのもうし渡しは、岩蔵は強いお叱り、勝五郎と小六、ほかの三人は、予想通り、百叩きで釈放された。

暮らしのどん底で喘《あえ》いでいた栄三父娘を、かれらが助けたのだと、鯉屋の源十郎が強く主張したからだった。

「わしはまた馬の足屋の枡屋に戻らせてもらうか。やっぱりあそこが一番性に合うてるわい」

東町奉行所の表にまで迎えに出かけた菊太郎に、岩蔵は嘯《うそぶ》いた。
もうすっかり春だった。

名作鐔紹介③

桐に鳳凰図鐔　無銘　江戸肥後

江戸後期　武蔵国江戸
鉄地葵木瓜形金布目象嵌
縦八三ミリ　横七八ミリ

桐は鳳凰の棲む樹木として、皇族の衣服や高貴な器物に描かれることが多い。装剣小道具でも好まれた図で、特に華やかな意匠とされる。この鐔も、古風な葵木瓜形に造り込み、耳は土手に厚く仕立て、全面に厚手の金布目象嵌を施している。大きく開いた翼と流れる尾羽が美しく、桐樹も陰陽の表現で華やかである。

秋草図鐔　銘　江州彦根住藻柄子入道宗典製

江戸中期　近江国彦根
赤銅魚子地木瓜形高彫金色絵
縦七一ミリ　横六七ミリ

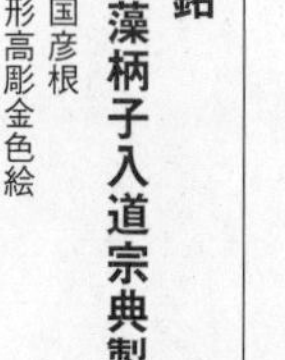

彦根彫りの言葉が遺されている鐔。近江国彦根では写実的な描法で活躍した藻柄子宗典が彦根彫りを代表する金工として知られている。宗典はまた合戦図や中国の人物を描いて人気があった。この鐔は古典的な秋草を文様として彫り描き、文様の周囲を深く彫り込むことにより図柄を浮かび上がらせた作。この描法も宗典が得意とした。鐔の形状は太刀様式だが、江戸時代の打刀に用いられるように意匠されている。

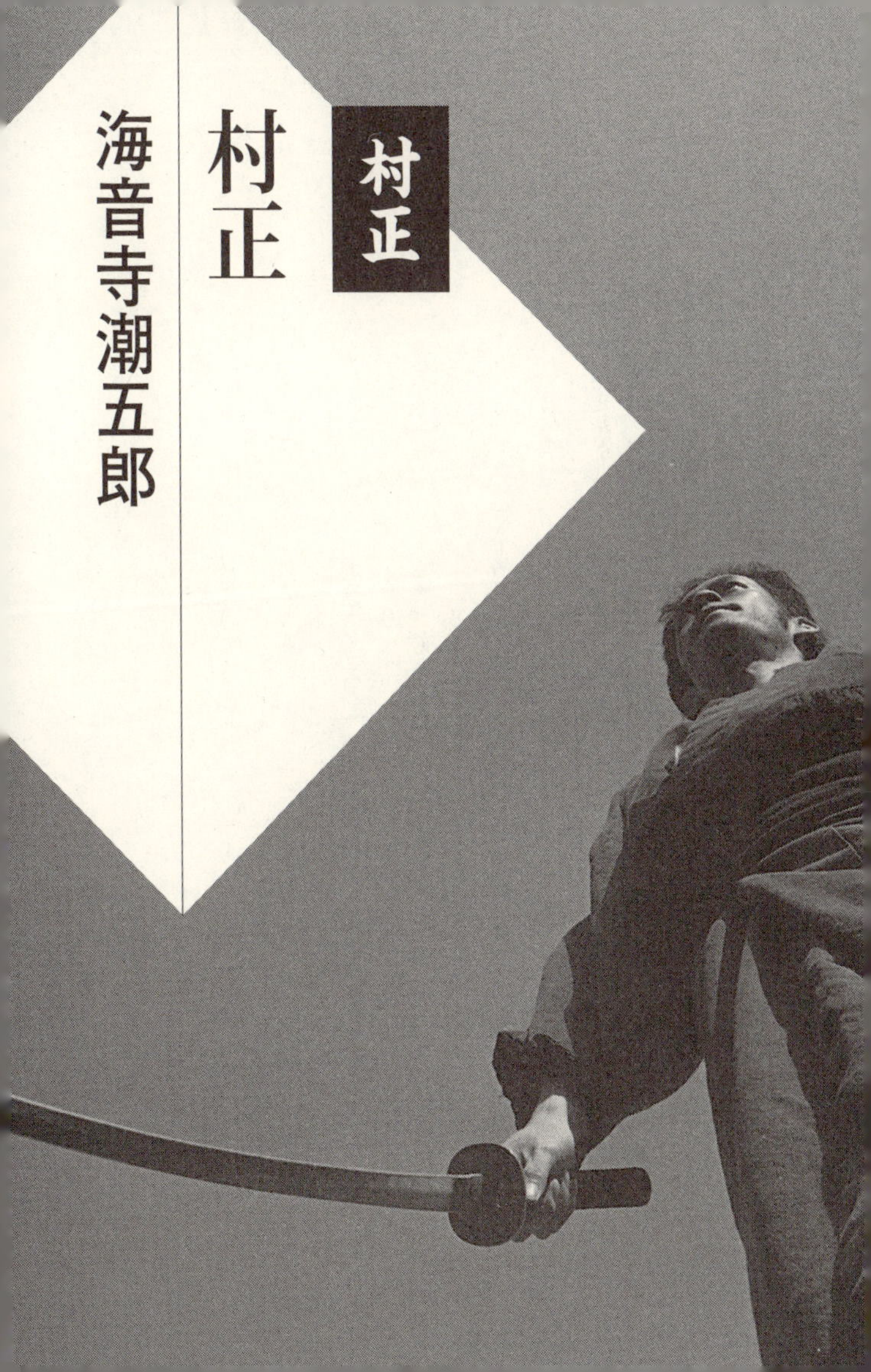
村正
村正
海音寺潮五郎

海音寺潮五郎（かいおんじ・ちょうごろう）

1901年、鹿児島県生まれ。國學院大學高等師範部国漢科卒業。36年「天正女合戦」「武道伝来記」で第3回直木賞受賞。68年、菊池寛賞受賞。72年、紫綬褒章。73年、文化功労者。76年、日本芸術院賞受賞。著書に『伊達政宗』『真田幸村』『天と地と』『平将門』『西郷隆盛』『武将列伝』『悪人列伝』など。77年逝去。享年76歳。

一

古来の伝えによると、正宗《まさむね》は彼の生きていた時代——鎌倉時代末期から南北朝初期までの刀剣の鍛練法を集大成した名工ということになっている。この集大成のために、彼は天下を巡遊して諸国の名ある刀工をたずね、各流各派の技法をさぐり、未曾有《みぞう》の名工となったので、全国各地の刀工は争って彼の指導を受け、その中にはすでに名工の名のある人もあり、十哲と言われている人々は皆こうして彼の門下生となったのであると伝えられている。つまり、正宗は鍛刀大学の学長といった格だったというのである。

正宗が諸国漫遊をしたかどうか、したというたしかな証拠はない。しかし、正宗の出現によって日本の鍛刀界が非常な影響を受けたことは、残存する諸国の名工の作品によってほぼうなずける。だから、正宗が漫遊して行って影響したと考えてもよかろうし、刀工達の方から慕って鎌倉に行ったと考えてもよかろうし、両方ともあったと考えてもよかろう。

この漫遊中のこととして、さまざまな話が講談などに作為されている。たとえば村正《むらまさ》が正宗に弟子入りしたいきさつなどなかなかおもしろく出来ている。

村正は伊勢《いせ》の桑名《くわな》在千子《せんじ》村の人である。正宗が巡歴中この千子村に泊まった時、宿舎があたかも村正の家の隣りであった。早朝、正宗が出発の支度をしていると、村正の家でしごとをはじめた。テンカン、テンカンと、鎚《つち》打つ音を聞いて、正宗は聞きほれた。仲々の技倆《ぎりよう》のようである。

感心して、出発を忘れて聞いているうち、最後の「上げ鎚」に達した。カーンとひびく音を聞いて、正宗は、

「あっ！」

とさけんだ。そして、太息とともに、

「おしい、おしい。これほど上手な男がどうしてこんな間違いをしたのか、この上げ鎚で、せっかくの名刀がものうちに折れ傷が出来たわ。おしいおしい」

と、つぶやいて、出発した。

宿の主人はこれを聞いていたので、早速隣りに行って、村正にこれを告げた。

「なにいッ！　わしの刀に折れ傷が出来たやと？　阿呆《あほう》なことを言いくさる。こんどの刀はとくべつよう出来たつもりや」

と、村正は腹を立てて、その刀をためしてみると、いわれた通り、ものうちのところからぽっきとおれた。

村正はおどろき、あわて、

「そのご老人、どちらに行かはった。その人こそわしの師と仰ぐべき人や」

と、あとを追いかけ、弟子入りの約束をし、鎌倉に行き、熱心に指導を受けた。

二

数年努力の甲斐《かい》あって、村正の技術は大いに進んだ。満々たる自信が出来たが、正宗はなかなかよいと言わない。村正は不平であった。

その不平の色を見て、正宗は村正に精一ぱいの力をもって刀を鍛えさせ、それを研ぎ上げさせた後、村正をともなって小川のほとりに行き、村正の刀を川上に向って刃を向けて立て、川上からいく本かのわらしべを流した。すると、おどろくべし、全部のわらしべが刀のそばに来ると、吸いつけられるように流れよって触れたかと見ると、サッと両断される。身の毛のよだつばかりの切れ味だ。

村正は自得の色があった。

正宗は村正の刀をとりおさめ、別にたずさえて来た刀を同じようにして立てた。

「これはわしの鍛えたものだ」

同様に川上からわらしべを流したところ、わらしべどもは全部その刀をさけて流れ去った。

「刀というものは、鋭いばかりが能でない。刀は身をまもるためのものだ。斬《き》ることだけが刀の役目ではない。そなたの刀はするどすぎる。いやいや、殺気がありすぎる。斬れよ斬れよとそなたは念じて鍛《う》っているにちがいない。その心が去らぬかぎり、そなたはこの道の奥に達することは出来ぬ」

と正宗は訓戒した。

村正はこれに服しない。

「刀は斬れればこそ値打ちがある。斬ればこそ、身をまもることも出来る。鍛える者が斬れよと念じて鍛つのはあたり前のこと。それが悪いとはわからぬ話」

と言い張ってきかず、ついに破門となって伊勢にかえったという話。

よく出来ている話である。刀の斬れる斬れないの問答は別として、老師と若い弟子との意見の相違など、いつの時代、どの世界にもあることで、技術の世界は昔から現代に至るまでこの争いをくりかえしつつ変化して来たのだから、永遠の問題をふくんでいるとさえ言えよう。

が、これが大ウソだ。村正は四代まであるが、初代でもその時代は足利《あしかが》時代中期をさかのぼることは出来ない。正宗のはるか後の時代の人なのである。

やがて述べるが、村正は江戸時代になって、徳川《とくがわ》家に大へんきらわれて、「妖刀《ようとう》」ということになったので、こういう伝説が出来たのであるが、その伝説に正宗を一枚加えたのは、作風が似ているからである。

事実、江戸時代には、村正はきらわれ、正宗がひどく珍重されたので、村正の出来のよいものは、銘の上の「村」の字をたたきつぶし「正」の字の下に宗を加えて、正宗にばけさせたというのである。それくらい似ている。よほどに正宗が好きで研究したのであろう。

三

斬れることはおそろしく斬れる。それはぼく自身がためしてみた。二三年前のこと、出入りの刀屋が村正を持って来た。太刀づくりになっているが、おかしなことに、さやに「三つ葉葵《あおい》」の紋を金蒔絵《きんまきえ》してある。

「妙なとり合わせだな。村正と三つ葉葵とは敵同士じゃないか」

とは思ったが、中身はまぎれもない村正だ。うんと研ぎべりしてわずかに刃がのこっているだけであるが、もう一分刃があったら、大のたれの豪壮さといい、茎《なかご》の特色のある形といい、銘がらといい、村正にまぎれがないと思った。

そこで、ためし切りしてみた。机の上に厚さ一寸ほどの古雑誌をおき、はじを机のはしから四五寸出して、すわったまま垂直に斬りおろすのだ。この方法で時々ぼくはこころみるのであるが、こちらの腕がなまくらである上に、横向きにすわったまま片手斬りに斬るのだから、いつもそう見事には斬れない。孫六兼元《まごろくかねもと》でこころみた時が一番よく斬れたが、それでも三分の一ほどはのこった。

ところが、村正でこころみると、その厚い雑誌がスパッと全部斬れるのだ。三度こころみたが、三度とも斬れた。舌を巻いた。

こうなると、さやの三つ葉葵の紋所にも、早速胸に解釈がくみ上った。

「思うに、この刀のあるじは徳川家の旗本で、徳川家と同じ紋所を使っている家の者で、松平《まつだいら》なにがしというのであったろう。村正の刀が徳川家にいみきらわれ、たたるという伝説のあることは知っていたが、この刀が好きで好きでたまらない。そこで、わざとこの紋所を打ち、村正の刀をさしてはいるが、主家にたいしていささかも二心のあるものではないとの気持をあらわしたのであろう云々」

こちらは小説家だ。こういう解釈は即座である。

四

村正が徳川家にたたった第一回目は、家康《いえやす》の祖父松平清康《きよやす》の時だ。清康は天才児であった。元来松平氏は三河《みかわ》の松平郷の庄屋であったのを、次第に勢力をひろげて三河の四分の一位の領主になったのだが、清康の父の代になってまた勢い微弱となり、わずかに安祥《あんじょう》一城の主となった。清康は十五六の頃に家をついだのであるが、二十歳頃までにほぼ西三河全域を手中におさめ、余勢を駆って尾張《おわり》に侵入し、しきりに織田《おだ》氏に勝った。

この出陣にあたって、彼の叔父で三河桜井《さくらい》の領主であった松平内膳正信定《ないぜんのかみのぶさだ》は同行しなかった。内膳正は織田氏に心を通じて、松平の本家を乗りとろうとしているというわさが立った。根のないうわさではなかった。相当根拠があった。清康は出陣の血祭りに内膳正を踏みつぶしてくれると言い出したが、老臣の阿部大蔵《あべおおくら》が、

「お大事な時、親しい同族でお争いになってはよろしくございません」

と諫《いさ》めたので、そのままにして出陣したが、尾張の森山に滞陣している時、陣中に阿部大蔵が逆意を抱き、桜井の内膳殿にくみし、織田家に心を通じているといううわさが立った。清康は、

「敵の放った流言よ。こんな浅はかな策におれが乗ると思うか」

と気にしなかった。大蔵に問いただしもしなかった。信用しきっていたからである

が、結果的にはこれが悪かった。大蔵は気に病《や》んで、せがれの弥七郎《やしちろう》というのを呼び、

「しかじかの流言がとんでいる。おれには露おぼえのないことであるが、衆口金を爍《とか》すともいう。ひょっとして、おれは無実の罪で誅殺《ちゅうさつ》されることがあるかも知れん。しかし、そうなっても、そなたは決して殿を怨《うら》み奉るような心をおこしてはならんぞ。必ずともに忠誠を忘れんように。そして殿にわしが身の潔白を申しひらきしてくれるよう」

と訓戒し、身の潔白を申し立てた起誓文を書いて、弥七郎に渡しておいた。父子ともに涙にくれたと改正三河後風土記にある。

その後、間もなくのある日の早暁、陣中で馬が放れて大騒ぎになった。清康は外に立ち出で、

「木戸を立てい！　逃すな！　そちらにまわれ！」

などと、自らさしずして捕えようとした。弥七郎は寝起きの耳にこれを聞いて、かっと逆上した。

「すわや、父の危難！」

と思った。いつぞやの訓戒を忘れた。まっしぐらに駆けつけ、清康の背後に走りより、一刀のもとに斬り殺した。

弥七郎は当時清康の小姓であった植村新六郎氏明《うえむらしんろくろううじあき》がその場を去らせず討ち取ったが、怒りにたえかねた人々はさらにずたずたに斬り、ついに小便つぼに蹴《け》こんだと、大久保彦左衛門《ほひこざえもん》の三河物語にある。人々は阿部大蔵の小屋におしかけ、大蔵を捕えて責め問うたが、先夜渡しておいた起誓文が弥七郎のふところから出たので、申訳が立って助命された。この時の弥七郎の刀が村正だったのである。

五

二回目は清康の子の広忠《ひろただ》の時である。

岩松八弥《いわまつはちや》（一説では浅井《あさい》某、また一説では蜂屋《はちや》某）という広忠の家臣があった。片目だったので、片目々々と人に呼ばれていたので、

「その方が通りがよいわ。片目と名字を改めようわい」

と、片目八弥と自ら名のるようになったともいう。おもしろい風格だけに剛の者でもあったという。

この男がある日、大酔して登城したが、突然発狂して、刀をぬいて広忠を刺し、太股《ふともも》を傷つけた。これは発狂ではなく、広忠と妻とのなかを疑ってのことという説があるが、情況によって判断すると、その方が正しいようだ。

とにかく八弥は広忠の太股をつき、人々が狼狽《ろうばい》している間に城門を出、濠《ほり》の橋の半ばまで走り出たところ、その時登城のために橋にさしかかったのが、植村新六郎であった。

「君を刃傷したてまつった逆臣ぞ！　討ちとめよ！」

と呼ばわる追手の声を聞いて、引っくんで濠におち、首を上げた。主君に刃傷した逆臣を二代ともに即座に討ち取った植村の武運を、

「よくよく冥加《みようが》にかなった武士である」

と、人々はたたえたというが、それはそうだろう。

この時の八弥の刀がまた村正であった。

三度目は家康の長男岡崎三郎信康《おかざきさぶろうのぶやす》が信長《のぶなが》の怒りに触れて切腹した時だ。信康は信長の女婿であった。信康の生母築山殿《つきやまどの》は今川《いまがわ》氏の一族関口《せきぐち》氏の女《むすめ》で、家康が今川家に人質となっている時代に結婚させられたのだが、今川義元《よしもと》が死んで、家康が自立した頃から、家康はこの妻にひどく冷たくなった。義元の生きている間は家康にとって最もおそろしい存在であった今川家の一族であるということも、家康には心理的圧迫があったであろうし、家康より十も年上の姉女房だったから大いに飽きも来ていたのであろう。

築山殿はこれを怒って、甲州の武田勝頼《たけだかつより》に通謀して、信長と家康は必ず自分の手で除くから、徳川家の遺領は信康につかわしてもらいたいと約束した。これが信康の妻から信長に通報されたので、信長は家康にせまって信康を切腹させよと要求したのだ。

家康は妻は愛していなかったが、信康には非常に愛情を持っていた。悲しみなげきながらも、せん方なく切腹を命ずることにし、検視役として、服部半蔵正成《はっとりはんぞうまさなり》と天方山城守通経《あまかたやましろのかみみちつね》をつかわした。信康は、

「自分は神明に誓って潔白であるが、家のためには死なねばならぬ立場だ。半蔵、そなたとは古いなじみだ。なじみ甲斐に介錯頼むぞ」

といって腹を切ったが、服部は累代の主君に刃を向けられないと泣いて、介錯しようとしない。そこで、天方が、

「ご苦痛見るに忍びませぬ。代って拙者つかまつります」

と立ち上って、介錯した。その刀がまた村正であった。

六

四度目は関ヶ原役の時だ。戦いがすんで、諸将が戦勝の賀詞を言上に来ている時、織田有楽斎《おだうらくさい》の次男織田河内守長孝《かわちのかみながたか》、これは後に加賀の前田家に三千石でつかえた人だ

が、これが有楽斎とともに来て今日の戦いに自分の槍《やり》が敵の冑《かぶと》を泥をつらぬくよりもたやすくつらぬいたという話をした。

家康は大いに興味を覚え、

「よほどのものだな。見たい」

と所望して、とりよせさせた。

家康はさやをはらって千段巻のあたりをつかんで、打ちかえし打ちかえし見ているうち、ふととりおとしたところ、鋭い穂先が膝《ひざ》においていた左手の指を傷つけた。家康は顔色をかえて、この槍は村正ではないかと問うた。

「いかにも、村正でございます」

と、河内守がこたえると、家康は嘆息して、

「村正はわしの家にたたる」

と言ったという。

以上清康以来四代にわたってこんなことがあったので、村正は徳川家に不祥な刀であるというジンクスが出来た。

真田《さなだ》幸村《ゆきむら》が大坂役でいつも村正を帯びて出陣したということを聞いて、水戸《みと》光圀《みつくに》が、

「武士の心掛としてはまさにかくあるべきものである」

とほめたという話が伝わっている。

維新時代になっても、勤王党の志士らが好んで村正をもとめて差していたという話もある。

七

村正の刀は徳川家にたたっただけで、その他の人にはなにごともない。だから、世間でも妖刀などといってきらいはしなかった。豊臣秀吉《とよとみひでよし》などは村正が好きで、いくふりも持っており、諸大名にもよく下賜したといわれている。

しかし、徳川家が天下とりになると、「ご当家にあだをなす刀」というので、一般も敬遠するようになり、ついには徳川家の人だけでなく、それを持っている者には誰によらずたたるというジンクスが出来て来た。

その第一号は、竹中采女正《たけなかうねめのしょう》重義《しげよし》だ。これは藩翰譜《はんかんぷ》では重次《しげつぐ》になっているが、寛政重修諸家譜では重義になっている。諸家譜によると重次は重義のまたいとこ（半兵衛《はんべえ》の次男）で、筑前黒田家《ちくぜんくろだ》の家臣だ。

重義は織豊時代の有名な戦術家竹中半兵衛重治《しげはる》のいとこの子で、早くから徳川家に従って、九州豊後《ぶんご》府内二万石を領し、幕府の目付兼長崎奉行をつとめていた人物である。黒田騒動の発端に、栗山大膳《くりやまたいぜん》が主人忠之《ただゆき》の非違を幕府に訴えたのは、この重義を通じてであった。忠之が大膳を処分出来なかったのは、重義を通じて幕府に訴状がとどいていたからである。重義が幕府の九州探題的役目にあり、その威勢が仲々のものであったことがよくわかるのである。

この重義が、黒田騒動の決審した翌年、寛永十一年二月二十二日に、家名断絶、その身切腹という処分にあっているが、それが村正のためであった。藩翰譜によると、そのいきさつはこうだ。

泉州堺《さかい》の富商で平野屋《ひらのや》三郎右衛門《さぶろうえもん》という者があって、長崎に移住していた。当時長崎は新興の貿易港として将来があり、古い貿易港である堺は凋落《ちょうらく》しつつあったからであろう。この平野屋に美貌《びぼう》の妾《めかけ》がいた。ある時重義はその女を見て、恋慕の情を燃やし、人を介して譲ってくれと交渉した。平野屋にしてみれば、愛しきっている女だ。もちろんことわった。重義はまた人をつかわした。

「前の使いの者は譲ってくれと申した由であるが、それはその者がわしのことばをとり違えたのである。近く人を招待して饗応《ふるまい》をせねばならんので、席のとりもち役に借してくれとわしは申したのだ。饗応がすんだらすぐ帰す故、曲げて承諾してもらいたい」

土地では王侯のような権力のあるお奉行様の頼みだ。拒めない。平野屋は妾をつかわしたが、重義は何日経《た》っても帰そうとしない。妾はすきを見て逃げ帰った。平野屋は後のたたりを恐れて、妾とともに堺に逃げかえった。

　重義は激怒した。

「けしからん素町人め！　おれが許しも待たず当家をほしいままに脱出したものをとがめ立てもせいで、手に手をとって駆けおちするとは、公儀を恐れざる所行」

　理窟というものは膏薬《こうやく》と同じで、つけようと思えばどんなところにでもつく。公儀役人である自分を無視するのは公儀を無視すると同じであると言えば言えないことはない。ともあれ、重義は平野屋を闕所《けっしょ》にし財産を公収したばかりか、平野屋の兄の市《いち》郎兵衛《ろべえ》を平野屋の身代りと称して入牢《じゅろう》させた。平野屋の親類共は親族会議をひらいて善後策を相談したが、公儀を恐れること虎のごとき当時の町人共だ、結束してこの圧制と戦うなどということは考えない。

「こんなことになるのも、つまりはあの妾ひとりのためじゃ。捕えてお奉行様にさし上げればそれで四方まるくおさまるのじゃ」

　と相談一決して、追手をかけて捕え、重義にさし出した。

「神妙であるぞ」

重義は早速市郎兵衛を釈放した。

おさまらないのは平野屋だ。財産は没収されるし、身にかえてもとまで寵愛していた妾は奪われるし、憤懣《ふんまん》やる方がない。ついに江戸に出て、幕府に訴え出た。

八

平野屋は幕府の取調べにたいして、重義が自分にしたしうちを述べたばかりか、洗いざらい重義の非道をぶちまけた。

「竹中様の好色と貪欲のために非道な目にあったのは、手前だけではございません。お取調べになれば、すぐ明白になることでございます。人の妻妾に横恋慕して無理非道にこれを奪われたこと、無理難題を言いかけて人の財物をおさえ奪われたこと、賄《わい》賂《ろ》をむさぼって裁判に不公平のあったこと、数限りもありません。竹中様の貪欲の例にはこういうこともございます。今からしかじかの前の年、異国から大へん上質の鮫《さめ》皮《がわ》（刀のつかを装するに使う）が入ってまいりました。これほど上品《じょうぼん》な鮫皮はそれまで入って来たことがございませんので、町人共はこれは江戸の将軍様に献上したいと相談しまして、これを竹中様に申し上げましたところ、竹中様は鮫皮をごらん遊ばされて、こう仰せられました。〝その方共が将軍家へ献上したいという志はまことに神妙ではあるが、ひょっとすると、江戸の諸役人方は、これまでもこんな鮫皮は渡来したのであろうが、町人共がかくしてわきへ高直《こうじき》にさばいていたのであろうと、こうご不審あるかも知れぬ。もしその疑いをもって厳重にご糺問《きゅうもん》になったら、その方共はどう申しひらきするつもりだ。申しひらき立たんにおいては罪科は重いぞ。その方共が何かと公儀にかくして私利を営んでいることは、わしにはよくわかっているぞ〟町人共はおびえまして、どうしたらよろしゅうございましょうかと申し上げましたところ、竹中様は〝このことは内聞《ないぶん》にしておく。その方共も口外いたすでないぞ〟と堅く約束させ、その鮫皮は全部ご自分のところへおとり上げになったのでございます」

幕府は早速重義を召喚して検問すると、ことごとく事実であったので、家名断絶、その身は禁錮《きんこ》の判決を下したが、その家財を公収して調査してみると、二十四ふりの村正が出て来た。そこでさらに検察にかかった。

「お家に不祥な刀を、いかなる所存なれば、かくも多数に所蔵しているぞ。叛逆《はんぎゃく》のたくらみでもあるのではないか」

「そのようなつもりは毛頭ございません」

「何の所存なくしてかくも多数たくわえているはずがない。きりきり白状いたせ」

厳重に責め問われて、ついに重義は白状する。

「村正の刀は名刀でござる、ご当家にたいしてこそ不祥の刀となっていますが、世うつり代がかわりましたなら、必ず世の宝器となるに相違ないと存じまして、集めていたものでございます」

「世うつり、代がかわったならばとは、ゆゆしきことを申す。ご当家の滅亡を予期していたのじゃな」

「いや、それは……」

「だまれ！　不祥な刀を集め、不祥なことを予期し、一身の利得をもくろむ。それがご当家の禄《ろく》を食《は》む者のなすわざか！　叛逆の罪にひとしい」

というので、切腹を命ぜられてしまった。

この事件は徹頭徹尾重義が悪いのである。職権を乱用して人の妻妾を奪い、汚職し、詐偽し、武士らしくもなく投機を目的として主家のいやがる刀を買いもとめておくなど、どれ一つとっても、よいことはない。彼の罪死は自らもとめたところだ。当然の報いと言ってよいのである。が、その死の直接の原因が村正であるので、世間では村正がたたったと言うようになった。

すなわち、徳川家以外の人に村正がたたった第一号である。

九

村正が徳川家の人以外にたたった実例第一号を書いたが、実をいうと、実例第二号以下は信用の出来るものがないのである。

芝居の「吉原百人斬」の佐野次郎左衛門《さのじろうざえもん》は、村正の妖刀であの大殺傷をやったことになっているが、これは芝居である。史実そのままではない。

この事件は故三田村鳶魚《みたむらえんぎょ》氏が「史実と芝居と」という著書の中で精密に考証している。

事件は元禄九年十二月十四日におこっている。次郎左衛門は野州《やしゅう》（栃木県）佐野の炭問屋または大百姓である。大百姓で炭問屋であってもかまわない。江戸町二丁目兵庫屋《ひょうごや》のかかえ八橋《やつはし》という格子《こうし》女郎を買いなじんだ。つとめ女の常で、八橋は起誓を書いたりなどして、ほどよく次郎左衛門をよろこばしていた。田舎ものだけに、男は血道を上げて通いつめ、ついに家産蕩尽《とうじん》した。それでも忘れかねて、吉原に出かけて行っては、八橋の道中姿をながめては心を慰めていた。あわれな心情である。

愛嬌《あいきょう》が商売の女だから、時々はやさしい目つきをくれ、ことばもかけていたが、度重なると、あわれみより軽蔑《けいべつ》感が先きに立ってくる。男の女にたいする魅力は力だ。

その力をまるで失って、うろうろしおしおとものほしげに自分のまわりをうろついているような男には、女は軽蔑感しか持つことは出来ないのが普通だ。強い種族をのこそうとするのは神の意志だ。女は強い男に最も魅力を感ずるという本性を神から賦与されているのである。薄情といえば薄情だが、女の罪ではない。八橋も次第に次郎左衛門につめたいそぶりを見せるようになった。

次郎左衛門はこれを怒って、中の町の茶屋橘屋長兵衛《たちばなやちょうべえ》の家に八橋が入ったあとを追いかけて二階に駆け上り、腰におびた刀、水もたまらぬ切れ味というところから「籠《かご》つるべ」と名づける刀で、一刀に腰から放した。

大さわぎになった中を、次郎左衛門は二階から物干に出、軒の上を大門の方に進んだが、人々が二階や物干へ水を打った。踏みすべらせるためだ。そのうち次郎左衛門は物干に薪を積んである場所に行きあたり、あともどりしようとした時、足を踏みすべらして大地におちた。

「それ！」

とばかりに人々がよってたかって取りおさえた。

一説では、八橋を斬った直後、孫兵衛《まごべえ》という者が二階に駆け上って組みついたが、ふりほどかれ、逃げるところを肩先を斬られ、這々《ほうほう》のていで逃げかえった。その後、次郎左衛門は二階にこもって出て来ないので、人々は屋根をはがして天井を突きおとし、外から格子をつき破って棒でとりすくめようとした。次郎左衛門はたまらず庇《ひさし》へ斬って出たが、足を踏みすべらして転落した。そこを梯子《はしご》どりにしておさえたともいう。

信用の出来る記録の所伝は以上につきるが、芝居の作者並木五瓶《なみきごへい》は、次郎左衛門を大黒《おおくろ》あばたの男にし、八橋に恋人をこしらえ、百人近い人間が斬られたことにし、刀を村正にしている。しかし、この時の刀は、宝暦年度の馬場文耕《ばばぶんこう》の「近世江都著聞集」に、備前国光《びぜんくにみつ》の作であったとある。並木五瓶は当時の迷信を利用して、村正としたのであろう。

十

根岸肥前守守信《ねぎしひぜんかみもりのぶ》（一に鎮衛《しずえ》）は天明、寛政、文化という長い間、勘定奉行や江戸町奉行をつとめた人だが、この人の著書に「耳嚢《みみぶくろ》」というのがある。この中に村正の刀を持っていると、怪我《けが》すると述べ、その実例としてこう書いている。

「いつの頃であったか、ある刀屋が在銘の村正の短刀を仕入れたが、この銘ではきらわれて売れぬと、銘をたたきつぶして、〝これで正宗になった〟とよろこんだ。刀屋と慇意な者が話を聞き、〝そんな不正直なことをしてはよくない〟と意見した。刀屋は〝あきんどにはこれくらいなことはあたり前のこと、馬鹿正直では商売はなり立ちません〟と笑って相手にしなかった。その後、どうしたわけか、刀屋の妻がその村正で自殺するという事件がおこった。刀屋はおどろいて、その刀を捨てたという。また、右とは別に、先年自分が佐渡《さど》に勤務していた時、ある家の払いものがあったが、家来のものがその中から村正の刀を見つけ、〝よい刀でございます。おもとめなさりませ〟とすすめた。見ると、まことに見事な出来ばえで、大いに気には入ったが、自分はいろいろこれまで世間から聞いているので、もとめること無用と言って、早々に返却させた」

しかし、この記述は、肥前守自身のことは単に用心して買わなかったというだけのことであり、刀屋の話は時も場所も人もまるで不明なことだ。何の証拠にもなることではない。

十一

文政六年四月二十三日、江戸城西の丸で、ご書院番の松平外記《げき》という青年が、同僚三人を殺し、二人を負傷させた後、腹を切ったという事件がおこった。

「古今史譚《ここんしたん》」という書物によると、いきさつはこうだ。外記は家康の六男忠輝《ただてる》の子孫だ。なかなかの名家である。まじめで、武術好きの青年であったが、そのために古参の連中にきらわれた。文化・文政といえば、江戸の爛熟《らんじゅく》期で、旗本の士風の頽廃《たいはい》しきった時だ。まじめ過ぎては他と調子が合わない。その上、当時の古参役人は新入りの役人をいじめること、旧軍隊のようなものがあった。

旧人が新人をいじめる風は、大昔から日本にはある。三代実録の清和《せいわ》天皇の条に、「焼尾《しょうび》・荒鎮《こうちん》を禁ず」という文章が見える。焼尾は焦尾とも書いて、元来は漢語で、進士の試験に及第した者が祝宴をひらくことを言うのだ。いろいろ説があるが、魚が竜門をおどり上るとすなわち竜となるのだが、その時には必ず雷電が閃《ひらめ》いて尾を焼いてくれる。そこではじめて竜となれるというのが一番おもしろい。荒鎮は荒沈で、大酒をのむことだ。すなわち、平安朝の清和天皇の頃、古参の役人どもが新入りの役人に強要して宴をひらかせ、大酒をのんだり、贈物をさせたりして、弊害が大きかったので、ついに法令を出して禁じたのである。

江戸時代にも芸者寄合《げいしゃよりあい》というのがあって、新任の同役があると、その家で祝宴を開かせ、名妓をもって酒間を助けさせ、それに使用する食品や器物類は皆一流のものを要求し、そうでなければ乱暴狼藉《ろうぜき》したという。この習わしが連綿旧軍隊にまでおよんだのだからおどろく。

さて、外記だが、古参の連中からこと毎《ごと》にいじめられているところに、駒場野のお鳥狩で古参をこえて拍子木役を命ぜられたので、嫉妬《しっと》されて、一層いじめられるようになった。

鬱憤昂《うっぷんこう》じて、この日三人を斬り、二人を傷つけ、自殺してはてたのであるが、この時の刀が、数日前に刀屋でもとめた村正であったとある。これは蜀山人《しょくさんじん》の「半日閑話」にも、

「差料は無銘なりとうけたまはり候ところ、村正の由たしかの説なり。一尺八寸といふ」

とある。平戸《ひらど》の殿様松浦静山《まつうらせいざん》の「甲子夜話《かっしやわ》」にも、

「外記が脇差は村正にてありしと世伝ふ。この鍛冶はご当家に不吉なりと。しかるにまたかかることの生ぜしも不思議なり」

とある。しかし、また別説もかかげて、

「外記の脇差は村正にあらず、関打《せきう》ち平造《ひらづく》りのものにして一尺三寸なりしといふ」

ともある。

別説が正しかろう。幕臣でお城づとめするほどの者が村正の刀をさして登城する道

理がないと思われるからだ。

つまり、村正は一般の人には全然たたっていないのである。

十二

村正が一般の人にたたっている実例が全然見つからないことはこれまで書いた通りだが、反対に珍重された実例はきわめて容易にさがし出せる。

甫《ほ》菴太閤記《あんたいこうき》に、天正十年六月二十四日、つまり本能寺の事変があって織田信長が殺され、山崎合戦があって明智光秀《あけちみつひで》が亡びた直後だ。能登《のと》の豪族温井《ぬるい》備前守・三宅備後守《みやけびんごのかみ》らが、同国石動山《いするぎ》の衆徒と語らって、織田信長から能登領主としてつかわされていた前田利家に反抗の色を立てたことが出ている。信長が死に、明智が死に、天下のことはどうなるかわからないと見たので、この挙に出たのであろう。

当時、佐久間玄蕃允盛政《さくまげんばのじようもりまさ》は加賀の尾山《おやま》（金沢）城主であったが、直ちに出動して石動山を猛攻し、温井、三宅、その他衆徒のおも立った連中を討ち取り、それらの首を家臣野村勘兵衛尉《のむらかんべえのじよう》という者に持たせて、前田利家のところへとどけさせた。利家は大いによろこび、秘蔵の刀村正を引出ものとして野村にあたえたとある。村正珍重の第一例だ。

この書には秀吉の死後のかたみわけの表が出ているが、刀百口のうち村正が三口もある。第二例だ。これをもらったのは、紀州新宮《きしゆうしんぐう》城主堀内阿波守氏善《ほりうちあわのかみうじよし》、播州小塩《ばんしゆうおしお》城主赤松上総介則房《あかまつかずさのすけのりふさ》、美濃加賀野井《みのかがのい》領主加賀野井弥八郎秀望《やはちろうひでもち》の三人だ。最後の加賀野井弥八郎は関ヶ原役の頃は浪人しているが、石田三成《いしだみつなり》に家康を暗殺すれば本領を安堵《あんど》してやるといわれ、東に下る途中、知立《ちりゆう》（池鯉鮒《ちりゆう》）で、家康方の三州刈屋《かりや》の城主水野忠重《みずのただしげ》を斬り殺し、堀尾秀晴《ほりおひではる》を傷つけ、水野の家来らに殺されている。この時の刀が村正ならちょいとおもしろいのだが、ちがうらしいのである。

水戸藩の支藩で、陸奥守山《むつもりやま》（福島県田村郡）二万石の領主であった松平子爵家の頼《より》平《ひら》という人は村正の刀を愛蔵していたが、その刀には、

「この刀は秀吉公から長束正家《なつかまさいえ》が拝領したものである。正家の子孫は佐野と名字を改め、泉州岸和田の岡部家につかえたが、村正の刀が徳川家によって佩用《はいよう》を停止されることになったので、大井関《おおいぜき》大明神（和泉にあり）に奉納した。時に寛永十九年八月十五日である」

という意味の鞘書《さやがき》がついていた。第三例である。神社の奉納刀がいろいろな理由で他に流出するのはよくあることであった。それはさておき、徳川家はついに三代家光《いえみつ》の頃あたりに一般の人にも村正を佩用することを禁じたことがわかる。もっとも、こ

の禁令は間もなく忘れられて、単に迷信としてきらわれたにすぎないようである。

「甲子夜話」に、松浦静山は、摂津《せっつ》三田《さんた》の領主九鬼《くき》長門守《ながとのかみ》隆国《たかくに》が静山を訪問した時に語ったという話を書いている。

「拙者の家来に福島正則《ふくしままさのり》の家が潰《つぶ》れた時、来てつかえた家四五軒ござるが、いずれも村正の刀を伝来しています。皆正則からもろうたものといっていますが、どういうわけでありましょうな」

第四例である。正則は村正が好きで多数集めていたのであろうが、それについて、一二年前尾崎士郎《おざきしろう》氏が栃木県の佐野に行った時のことをある新聞に書いていた文章が思い出された。吉原百人斬の佐野次郎左衛門の実家は今日でものこっており、村正の刀を伝えていた。これは福島正則が家康に従って会津《あいづ》征伐に行く途中、同家に泊まって、礼としてくれたものであると、同家では伝えている。おしいことに、アメリカ占領軍の一人が持って行ってしまったといっている云々――という意味の文章であった。

この刀が次郎左衛門が吉原で兇器として使ったものだとすると、公収されるはずで、同家に伝わる道理はないが、福島正則がくれて行ったという点は大いに信用感が持てる。並木五瓶はそれを知っていて、わざと備前国光を村正にしたのだろうか。

以上のほか、土佐《とさ》藩や佐賀藩などでは、村正は実に珍重されたが、江戸へは差して行くなといわれていたという。何か罪でも犯した場合、上役人の心証を悪くするからであろう。

十三

大体以上の通りで、徳川家がいくらきらっても、またそのために出来た迷信に同調する者が多くても、見た目も見事で、切れ味またすごいとあっては、愛蔵する者がたえないのは道理だ。まして、商売人がほっておくわけがない。正宗にばけさせる話はすでに書いたが、正宗の末子といわれる相州正広《そうしゅうまさひろ》にばけさせることもあったという。無銘のものは平安城長吉《へいあんじょうながよし》、あるいは直江志津《なおえしず》と鑑定するのが、本阿弥《ほんあみ》家のしきたりであったともいう。

四代にわたって徳川家にたたった理由については、日本刀の研究家で、東京工大出の工学士で東大出の文学士である岩崎航介《いわさきこうすけ》氏が、かつてぼくにこう説明した。

「昔は交通が不便だったので、武士達の差料は大てい自分の住所に近い土地の鍛冶の作だったのです。伊勢桑名は三河から海一重、ひとまたぎのところです。そこで無類の切れ味の刀が出来るとあっては、三河武士らは争ってもとめたに違いありません。

三河で刃傷事件が起これば大ていその兇器は村正ということになります。確率の問題ですよ。織田長孝の槍だって、そうです。尾張武士でしょう。これはもっと近い。木《き》曾《そ》川一重です。徳川家の事件だけを抽出して考えるから、因縁話めいたことになりますが、こう考えればなんの不思議もないことです。あれほどの名刀を妖刀なんて気の毒です。ぼくは大好きです。正宗より好きですよ」

明快な説明だ。ぼくは大いに同意した。

十四

ところが、ぼくにはこういう経験がある。前にぼくの家に持ちこまれた村正の話を書いたが、あれをぼくは買うことにしたのだが、それをあつかっていると、ともすると、鞘走《さやばし》る。研ぎべりがひどい関係上重心がつかに移っている上に鯉口《こいぐち》が甘いからのことと判断して、十分気をつけてあつかうのだが、それでも鞘走ってひやりとさせられたことが幾度もあった。

中沢巠夫《なかざわみちお》君が遊びに来た時もだ。

「今度買うことにしました。気をつけて見て下さい、鯉口が甘くて鞘走りますから」

と言ってわたし、ぼくはちょっとわきに行って帰ってみたら、中沢君がまことにへんな顔をしている。

「鞘走ったでしょう。けがしたんじゃありませんか」

「けがはしないけど、鞘走りますね。ずいぶん気をつけたんだけど」

こんなことがあったので、ぼくは、もしぼくがこれでけがでもすると、刀が刀だけに刀に妙な履歴がつく、それでは刀に申訳ないと思って、女房に返しにやった。やがて女房が帰って来た。

「ちゃんと説明したろうね。刀屋は何と言った？」

「ちょうどお客さんがあったので、くわしく言ってはいけないと思って、これは気に入らないそうですとだけ言って返しました。刀屋さんは、〝へえ、そうですか〟と言っていましたが、覚悟していたような顔でしたよ」

その後しばらく経って、刀屋が家に来た時、ぼくはくわしい説明をした。すると、刀屋は笑って言ったのだ。

「お宅から返って来てから、すぐほしいとおっしゃる方があって、お納めしたのですが、すぐまた返されて来たんですよ。それからまたほしいとおっしゃる方があるので、お納めしたのですが、また返って来ましてね。今もあるお宅へ参っていますが、また返って来るでしょう」

「やはり鞘走るのだろうか」

「そうはおっしゃいません。奥さまが気味悪がるのでいけないとおっしゃるのです」

あの刀はどうなっているだろう。今ぼくは無暗におしくなっている。鯉口を直しさえすればよかったのだ、なぜ返したろうと思っているのである。

名作鐔紹介④

三枚桐透図鐔　無銘　神吉深信

江戸後期　肥後国
鉄地菊花丸形毛彫地透
縦八二ミリ　横八〇・五ミリ

鉄地鐔の色合いに漆黒と表現し得る作があるであろうか。緻密に詰み澄んでしかも鍛え強く、表面処理も丁寧で健全度が高い神吉深信の特徴が現れたこの鐔こそ、澄んだ鉄地の好例。細かな菊花丸形の耳は、花枝の小円の透かし構成と共に木漏れ日の様子を想わせ、風に揺れるような桐花が陰影となって表現されている。鐔の表面は微細な石目地仕上によって渋いながらも強い光沢があり、鋭く切り施された葉脈をくっきりと浮かび上がらせている。耳に現れた層状の肌も、鍛えの強さを示している。

富士越龍図鐔　銘　柳藩臣玉林斎常真（花押）

江戸後期　筑後国
赤銅魚子地木瓜形高彫金銀色絵
耳に抱丁子紋高彫色絵
縦七五ミリ　横六七ミリ

海水を巻き上げて姿を現した龍神。目指すは富嶽の彼方。吉祥として好まれているこの図を腰に備え、正月の席に赴いたものであろう。極上質の赤銅地を肉厚の木瓜形に地造りし、深彫の技法で荒波と龍神、松樹を彫り出し、二色に違えた濃厚な金の色絵を施している。雲を下に従えた富嶽も高彫で、全体は朧銀に雪は銀平象嵌。裏面は富嶽に連なる愛鷹山を経て穏やかな波の広がる駿河の海へと視界が続く。常真は筑後柳川藩士で久留米長常とは有縁。注文者の阿部亀延も柳川家中の武士であろう。

天叢雲剣

ガリヴァー忍法島

山田風太郎

山田風太郎（やまだ・ふうたろう）

1922年、兵庫県生まれ。少年時代より雑誌の小説懸賞に応募、何度も入選を果たす。東京医学専門学校在学中に、「宝石」に応募した「達磨峠の事件」でデビュー。58年発表の『甲賀忍法帖』からスタートした〈忍法帖〉シリーズで人気を博する。『警視庁草紙』から明治時代を書き、その後『室町お伽草紙』『柳生十兵衛死す』などの室町ものへと、書く時代を広げていく。シニカルな視点でのエッセイも人気。2001年逝去。享年79歳。

一

　鳥の羽根をさした鍔広《つばひろ》の帽子、華麗な襟《えり》のついた衣服、細いズボンに靴《くつ》。――さらに、珍しげにあたりを見まわす眼《め》は碧《あお》い。帽子の下からのぞく髪の毛は紅《あか》い。

一人ではない。十人ちかくいる。駕籠《かご》に乗っている者もあれば、馬に乗っている者もある。歩いている者もある。

「やあ、おらんだだ」

「かぴたんだ」

　沿道の子供たちが走る。

　しかしその行列の前後についた数十人の役人たちが、「寄るな寄るな」「邪魔だ、あっちへゆけ」と、棒でへだてて追っ払う。

　珍しいといえば珍しい行列にちがいないが、子供たちのさけび声をきいてもわかるように、いままで日本に見られなかった行列ではない。毎年の早春、長崎から江戸への長い長い街道に、恒例のように見られる風景である。

　長崎出島《でじま》のオランダ甲比丹《カピタン》一行の江戸参府。

　毎年一月半ば――陽暦では二月半ば――に出島の蘭館《らんかん》を発し、三月末に江戸城で将軍に挨拶《あいさつ》するのが習いだ。——ことしも同様で、これは商館長フォン・ブーテンハイム、医師ケンプエル、その他の商館員らを中心とする一行であった。時に、元禄《げんろく》十年。しかし、ともかくも沿道の人々が物珍しげにこれを見送ることを許された道程は、数えるほどしかなかった。というのは、ちょうどそれと前後してゆくもう一つの大行列があったからだ。

「下にーっ、下にーっ」

先触れの声とともに、庶民は一応道をあけ、ひざまずかなければならない。——ただし、これは大坂からのことで、瀬戸内海を船で来たオランダ人一行は、それ以後この行列とあとになりさきになりして東へ向うことになったのだ。

播州赤穂《ばんしゅうあこう》五万石浅野《あさの》内匠頭《たくみのかみ》が江戸へ参覲《さんきん》するところであった。

おたがいに好奇心に燃えた眼を見交わしつつ、さればとてむろん双方が交歓するということもなかったのだが——それが最初に接触したのは、京に泊った一夜で、しかも甚《はなは》だおかしな場所であった。

伏見《ふしみ》の廓《くるわ》なのである。

こういう道中では珍しいことだが——京には浅野藩の京屋敷もあってなじみが深いし、また世にも聞えた京おんなに接するのは、こんな機会でも利用しなければ、そうめったにはあり得ないせいもあったろう。

深夜。——京屋敷に、酔った跫音《あしおと》とともに、いくつかの昂奮《こうふん》した声が、もつれ合いつつ戻《もど》って来た。

「いや、おどろいた」

「あれでも人間か。二本足のけだものではないか」

「紅毛人は女の血をすするときいたが、まんざら嘘《うそ》とも思えぬな」

むろん、参覲の同勢ことごとくが京屋敷に泊れるわけはなく、ここに泊っているのは藩士中でも一通りの身分の者のはずだが、それがあたりをはばかる余裕もなく、声高《こわだか》にいい交わしつつ門から入って来る。

「これ、おぬしら、静かにせぬか」

「御役目ある道中、夜遊びに出るさえふとどき千万なのに、何だその騒ぎようは」

玄関にのそりと立って出迎えた大小二つの影が叱《しか》りつけた。帰って来た五人の侍《さむらい》は、さすがにぎょっとしたように声をのみ、首をすくめた。

「これは、小野寺《おのでら》どの。——」

「堀部《ほりべ》、まだ起きておったのか」

やっと、二人ばかり、恐縮したようにいう。そこに待っていたのは、京屋敷お留守居役の小野寺十内《じゅうない》と、やはり江戸への御道中のお供をしている馬廻《うままわり》役の堀部安兵衛《やすべえ》であった。

「どこへいっておったのだ」

「は、その、伏見で。なにぶん御内聞に」

「案の定じゃ。……ま、明日のこともある。今夜はおとなしゅう寝ろ」

と、小野寺十内が苦り切っていったとき、堀部安兵衛が口を出した。

「おぬしら、いま、二本足のけだものとか紅毛人がどうかしたといっておったが、何を見たのだ」

「それじゃ」

帰って来た一人が、いま叱られたのを忘れたかのように、またかん高い声を出した。

「伏見の廓で、あのオランダの紅毛人に逢《あ》ったのじゃ。それが何とも、大変なやつらで。――」

「なに、あのオランダ人がみな伏見へいっておったのか」

「みなではない。左様、五人ばかりじゃが。――ほかに通辞が二人と」

「それにしても参府の途中、廓遊びをする異人など、いままできいたことがないぞ。不敵な毛唐《けとう》だな。それで通辞は唯々《いい》諾々《だくだく》と女郎買いの手引をしておったのか」

「いや、通辞も持て余しておる風であった。というより、戦々兢々《せんせんきょうきょう》として、ひどくおびえているようであった。――それも、むりではない――」

「どうしたのだ」

「とにかく、その五人の毛唐が――いや、一人だけ、何もせず黙って見物しておるやつがあったが――あと四人、それが一人で三人ずつの遊女をかかえこんでもてあそんだ。しかもお互い同士見物するはおろか、廊下でほかの遊客がおしくらまんじゅうで見ておるのも委細かまわずにじゃ」

「ふうむ。……」

「それをまた遊女どもがじゃ、はじめはいやがって、かんにんしとくれやすと泣きさけんでおったのが、どういうはずみかの、そのうちだんだんのぼせあがり、夢中になってあられもない狂態を示し出し、ひいひいと自分から腰を振り、次々に眼をつりあげて気を失うというていたらくになりはてた。それも当然、金毛《きんもう》につつまれて、まず通常の日本人の倍はあろうか、しかも四人のうち三人までが皮かむりであったのがかえって何やらもの恐ろしく、とんと一匹ずつの、それこそ金毛九尾《きゅうび》の狐《きつね》を見るようであったぞ。……」

「ほほう。……」

「やがて夜更《よふ》けとともに、連中、宿へひきあげていったがの、廓の入口で、棒や竹杖《ちくじょう》持った四、五人の男が立ちふさがった。地回《じまわ》りのやつらだが、ま、右にいったような次第だから腹にすえかねて、ひとつ懲《こ》らしめてやれと思ったのだろう。するとな、まず竹で殴《なぐ》りかかったやつが、いきなりひょいとそれをひったくられた。とにかく七尺ほどはある毛唐ばかりだから、それはふしぎではないが、その一人がな、その竹杖をぎゅうとしごいた。すると——その物干竿《ものほしざお》ほどある竹がだ。麦稈《むぎわら》みたいにぺちゃんこになってしまったぞ」

ちがった侍が、声ふるわせていう。

「一人な、腰に小さな鉄砲をぶら下げておるやつがおった。それが、そいつを手にとったからぎょっとすると、そやつ、傾城《けいせい》屋の屋根をふり仰いだ。そして屋根の上の鬼《おに》瓦《がわら》を指さし、自分の耳をひっぱって見せた。それから屋根に鉄砲をむけて恐ろしい音とともに撃ったが、なんと春の月の下で、その鬼瓦の角《つの》にあたるところが一つ、ものの見ごとに吹っ飛ぶのが見えたぞや」

またべつの侍がいう。

「腰をぬかした一同の前で、その紅毛人ども、いっせいにそっくり返ってげらげらと笑い、大股《おおまた》でいってしまった。……」

小野寺十内がいった。

「おぬしたちも腰をぬかした方か」

「あ、いや。——」

「毛唐のそんな傍若無人《ぼうじゃくぶじん》のふるまいを見つつ、口をぽかんとあけて見ておって、それで侍か。しかも、貴公ら——そういえば浅野藩でも、武芸自慢で聞えためんめんではないか」

五十半ばで、京留守居らしく歌道にもたしなみふかい小野寺十内だが、剛直で一徹な老人でもあった。

五人の侍は鼻白んだが、すぐに跡部《あとべ》条七郎《じょうしちろう》という男が、

「これは十内どののお言葉とも思われぬ。かりにも参府するオランダ甲比丹一行の者を、廓で浅野家の藩士が斬《き》って、お家に傷はつかぬのか」

「浅野一藩よりも、日本の侍の名誉のためじゃ。あとの始末はわしがする。——」

十内はよほど腹をたてたらしい。ぶるる、と唇《くちびる》をふるわせてまたいった。

「そもそも、そのような毛唐人、参府させてよいかどうか、きけばきくほど奇態な一行ではある」

「おぬしたちに斬れるかな、あやつらを」

いままで黙って腕組みをしていた堀部安兵衛がぼそりとつぶやいた。

五人の侍は勃然《ぼつぜん》とした。赤谷弁之助《あかたにべんのすけ》と梅寺太郎《うめでらたろう》という二人に至っては、丁《ちょう》と刀の柄《つか》をたたいた。

「ばかなことを。そりゃ、その気になれば」

「いや、斬れぬ。……おれでも危ない」

と、安兵衛は宙を見ていった。浅野藩切っての遣い手として聞えているのみならず、曾《かつ》て若いころ江戸で、真剣の果たし合いをして十何人か斬ったという実績のある男がいう。

「京へ来るまでに、道中、おれもあやつらを見ておったがな。四人ばかり、ただものでないやつらがおった。おそらくそれが、いまの話の連中だろう。鉄砲はもとよりだが、きゃつら、人間を殺すことなど虫けらほどにも思わぬ恐ろしいやつらだ」

腕ぐみを解いていった。

「見ていたところ、あの四、五人を、ほかのオランダ人たちもはばかっておるようだ。しかも、同じ異人でありながら、ときどき言葉が通じないらしく、その中の一人が通辞をしておる気配であった。きゃつら、ほんとにオランダ人か？」

「なに？」

と、小野寺十内はけげんそうな声を出した。

安兵衛はいった。

「それが、なぜ甲比丹一行にまじっておるのか。また何のために江戸へゆこうとしておるのか。……これから江戸まで、道中を共にするなら、きゃつら、しかと見張っておる必要があるぞ。十内どの」

十内もこんどの主君の出府には、所用あって同行することになっていた。

二

偶然には違いないが、妙な縁だ。京から桑名《くわな》へ、浅野家の行列と、オランダ甲比丹の行列は、依然としてあとになりさきになりして下ってゆく。

さて、ここに当時、このオランダ甲比丹一行の一員であった医師ケンプエルの「江戸参府紀行」なるものがある。このころの日本の町々のようすをまざまざと知るのに甚だ好都合である。

「大津は近江国《おうみのくに》の最大の町であって、肘《ひじ》のように折れた中央ひとすじの長い道が通り、これより数条の分岐した小路がある。戸数はぜんぶで千はあるであろう。数戸の旅館があるが、この国の風習として、いずれも娼婦《しょうふ》を備えている。

市は一大湖のほとりにあり、湖は遠く北方にのびて、加賀国《かがのくに》に達している。加賀から京都へ送られるすべての貨物は、大津までは水路で運ばれる」

「土曜、日の出前に出発、大津より十三里、土山の村へ向う。大津の町は通過するのに半時間を要したが、わが一行が通る前に、将軍から宮廷への使節が通行したためだといって、この間、家々にはことごとく四角な紙張り燈籠《とうろう》が出され、灯がともされていた」

などという描写があるが、これを日本の「柳営《りゆうえい》日記」などと参照してみると、この将軍からの使いが、高家《こうけ》吉良上野介義央《きらこうずけのすけよしなか》であったということも、何となく面白い。

「膳所《ぜぜ》の町筋は東南へ向ってまっすぐにのび、家並は白く塗られている。城は北側にあってなかばは湖水に囲まれ、なかばは市街にめぐらされて、宏大《こうだい》壮麗である。この国の習いで、数層の高い方形の屋根と櫓《やぐら》で飾られている。

この地から江戸までは、街道の両側に松の木をつらね、一里一里を正しく測量して、高い人の背丈ほどの円い塚《つか》を築き、その中央に一本ずつの木を植えて、旅人に、その距離と旅程を知らせるようにしてある」

「水口村では、割《さ》いた籐《とう》で、精巧な笠《かさ》や籠《かご》や簑《みの》を作って売っている。ここで種々の乞《こ》食《じき》に逢った。みな伊勢《いせ》へ参宮のゆきもどりする巡礼者であって、われらに対して小遣い銭を強要して大いに悩ます。彼らはその姓名、出生地、巡礼地を記した日笠《ひがさ》をかぶっている」

こういう旅のあいだ、堀部安兵衛は、それとなく機会をつかんで、彼ら甲比丹一行の行状を観察していた。

そして、それまで漠然《ばくぜん》と感じていた疑惑を次第に深めてきた。

ちがう。十人あまりの異人のうちで、五人はたしかにちがう。紅毛金髪など、その点はいずれもまさに毛唐人に相違はないが、ちょうど半数ずつ、それぞれ群を作って、ふだんあまり話をしないし、ときには例の五人組の中の三十くらいの男が、おたがいのあいだの通辞をしていることがある。その男をのぞき、あとの四人は——これが京の伏見の廓へいった連中だが、体格までが別の人種のように巨大だ。

のみならず。——

彼らはふだん全身を覆う黒い絹の長衣をつけているが、その下には赤繻子《しゅす》のぴったりした襦袢様《じゅばんよう》のものをつけ、毒々しいほど色鮮やかな絹の帯をしめている。帯には小さな、しかし精巧な短銃や剣をぶら下げ、そのうえ、金色の毛の生えた腕や背に、錨《いかり》やしゃれこうべの刺青《いれずみ》をしたやつさえあるようだ。

伊勢に入って関の宿に泊った或《あ》る朝。——

ケンプエルの紀行にはこうある。

「ここにはおよそ四百軒の人家があって、たいていはみな菅《すげ》、竹皮などを割《さ》き削った多量の火縄《ひなわ》、履物《はきもの》、笠などを売り、子供を街道に出して旅人に買うことをねだり、悩ますこと一通りでない」

前夜の雨のため、この宿へどちらの行列の大半も泊ったが、朝とともに雨があがった。山の樹々《きぎ》の若芽がいっせいに萌《も》え出したような美しい春の朝であった。

出立《しゅったつ》前に堀部安兵衛は村へ出て、例の四人組が店の火縄を手にとって何やら話し合っているのを見た。一人が低い、しかしよく透《とお》るいい声で鼻唄《はなうた》を歌っている。むろん、奇怪としか聞えない節回《ふしまわ》しだ。じろじろとあたりの町並を見回している碧い眼は、いずれも甚だ軽蔑的《けいべつてき》であった。

安兵衛が外に出たのは、どうにも彼らの素性への疑惑が抑えがたくなり、彼らをそのまま江戸へゆかせると、とんでもない一大事が勃発《ぼっぱつ》しそうな予感があって、

「――よし、通辞に」

刀でおどしても、と決心したからであった。この通辞は、むろん一行についている出島の役人である。

彼は、四人の毛唐人のうしろを通って、甲比丹一行の泊っている脇本陣《わきほんじん》の方へゆき、

門から中をのぞきこんだ。

すると、低い唄声が聞えた。いま火縄を売っている店の前で、例の四人の中のだれかが口ずさんでいたのと同じ節回しであった。それが、こちらは日本語なのだ。怪しげな。――

その方を見ると、門内の庭の横に池があって、そのふちの二つの石に、一人の紅毛人と一人の日本の侍が腰を下ろし、その異人の方が歌っているのであった。

この紅毛人は例の五人組の中で、一人、まったく変りだねのばかにおとなしいやつだ。彼だけが甲比丹の一群と親しく語り合い、またいま、あきらかに日本の通辞と話し合っている。それが、南蛮語とかたことの日本語を混えつつ話し、そして二人で相談のあげく、ともかくもこんな唄を歌っているのであった。

「おれはウィリアム・ムーアを殺《や》った、
船路《ふなじ》の中で、船路の中でよ、
おれはウィリアム・ムーアを殺った、
船路の中で、
おれはウィリアム・ムーアを殺って、
血糊《ちのり》に埋めた、

岸遠からぬ船路の中で、船路の中で、
岸遠からぬ船路の中でよ」

この通りに聞えたとしても、堀部安兵衛には何の意味やら見当もつきかねたに相違ない。ましてや、これが極めて怪しげな発音であったから、いよいよ彼にはちんぷんかんであったが、それにもかかわらず、そのぶきみで悲壮な節調は耳にしみ、かつふしぎなことに、なぜか海鳴りの音が聞えてくるような感じであった。

「……や、だれじゃ？」

出島の役人はふいに立ちあがった。門からのぞいている安兵衛に気がついたのだ。

腹をすえた安兵衛がそこにうっそりと立っていると、彼はこちらにつかつかと歩いて来て、

「どなたでござる」

さすがに武士と見て、言葉を改めていう。

「浅野家の藩士、堀部安兵衛と申すものじゃが」

と、安兵衛はいった。

「出島の御通辞じゃな」

「左様」

「ならば、ちょっとうかがいたいことがある」

「何でござる」

「このたび御参府の御一行、オランダの衆ばかりかな？」

かまをかけた気味があるが、通辞は予想以上の衝動を示した。

「な、なぜそんなことをきかれる」

「それが、万一、そうでないと、御大法にそむき、大変なことになるでな」

「き、貴公、……あちらのお言葉がおわかりか」

「いやなに、ちょっと」

ヨーロッパ語を解する堀部安兵衛など想像のしようもないが、何より出島役人は異常な恐怖に襲われたらしく、判断力を失った眼でこちらを見ていたが、たちまち居丈《いたけ》高《だか》になってわめいた。

「あちらは、日本人とちがう。オランダとイギリス、イスパニアとポルトガルなど、数々の国々のあいだには血が混り合い、いちがいに何処《どこ》の国の人間とはきめつけられぬ場合がある」

「そのひと、ダイミョー、のケライ？」

うしろで、渋味のある声がして、いまの紅毛人が歩いて来た。

「わたし、いちどダイミョーに逢いたい。仲よくしましょう」

相手は笑った眼で、安兵衛を見下ろしていた。安兵衛は何と挨拶《あいさつ》してよいかわからない。異人はいった。

「わたし、日本、好き」

「に、日本のどこが？」

「一番め、小人《こびと》の国」

「小人の国？」

「それでも、ちゃんと城があったり、祭りをしたり、恋をしたり、何でも一人前にやっているところ」

安兵衛はあっけにとられた。

「二番め。その人間より、犬や馬の方がいばっているところ。この国の将軍は、地球の上でいちばん賢明な君主です」

どうやら、生類憐《しょうるいあわ》れみの令のことをいっているらしいが、この異人の言葉全体は——とにかく日本語のかたちをなしているにもかかわらず、安兵衛には不可解であった。が、どうやら小馬鹿にされているようで、むっとしてにらみつけようとしたが、安兵衛はふいに眼をそらした。

はじめて知ったことだ。どういうわけか僧侶《そうりょ》みたいな感じのするこの紅毛人の眼――笑《え》みを浮かべた、ものしずかな眼が、先刻の四人の大男たちの碧い火のような眼よりも、なぜか、ぞっとするような恐ろしいものであったことを。

「こ、この御仁は」

わけもわからず、安兵衛はいった。

「名は何と申される」

「わたし？」

と、異人はくびをかしげ、ちょっと笑っていった。

「わたしの名は、そう、レミュエル・ガリヴァー」

三

四日市に到着する前に、彼らはまた吉良上野介に逢っている。こんどは京から江戸へいそいでひき返す吉良を実際に見たもので、ケンプエルは、

「彼の容貌《ようぼう》は立派であって、その随行員は、二つの乗物、あまたの槍持《やりもち》、一頭の飾り馬、七人の騎士及び徒歩の隊士たちであった」

と、記している。

「日本では、将軍と天皇と、どちらがえらいのか？」

というのが、その将軍から天皇への使者を見送ってのレミュエル・ガリヴァー氏の堀部安兵衛への質問であった。安兵衛は数分考えて、

「それは、天皇さまでござる」

と、答えた。

彼らは、関の宿以来、妙に気が合って、それぞれの行列から離れて、彼らだけで歩いているときがあったのだ。もっとも通辞の本木《もとき》太郎左衛門《たろうざえもん》をあいだにおいてのことだが。

気が合って――正確にいえば、少なくとも安兵衛の方にはべつに親近感はない。ガリヴァーなる異人の方でそんな機会を作って来るのを、彼の方で好奇心ないし探索心を以《もっ》て受入れただけである。

が、依然として、例の四人の紅毛人の正体はわからない。そもそも安兵衛は何となくかんで、その連中に禍々《まがまが》しい印象をおぼえているだけで、出島のオランダ人そのものについてもべつに詳細な知識を持っているわけではないのだから、正直なところ探索の筋道さえたたないのだ。

それに質問してもガリヴァーは、あきらかに安兵衛の疑心をそらそうとしていると

ころがあったし、だいいち、はじめは五人組かと思っていたが、よく知って見ると、ガリヴァー一人、また別といった感じもあった。

といって、やはり例の四人と一組であることは事実であり、ただ安兵衛が意外に思ったのは、このガリヴァー氏が、四人とはまったく体質のちがう、学者風ないし僧侶風の肌合《はだあ》いなのに、その四人が、どういうわけか彼に頭があがらない風なのだ。何かのはずみで、頬《ほお》に刀傷のあるその一人を叱りつけていることがあったが、深い低声なのに、相手は言葉の打撃に耐えかねるかのごとく、眼をとじて、青くなったり赤くなったりしていたほどであった。

安兵衛があっけにとられて見ていると、ガリヴァー氏はふりむいて、

「肉は、魂の奴隷」

といって、ニヤリと笑った。

巨大なからだを持った人間も、一個の精神には及ばない――というような意味だろう、とは安兵衛も漠《ばく》と理解したが、さればとてガリヴァー氏は、べつに厳《おごそ》かな真理を語った風でもなく、その笑いは何やら皮肉で自嘲《じちよう》的ですらあった。

さして日も経《た》たないうちに、そしてまたそれほど接触もしないのに、堀部安兵衛はこのガリヴァー氏に対して、ほかの四人にもまして――四人の男の影も薄くなるほど、

惹《ひ》かれるのをおぼえた。

言語もほとんど通じないのだから、なぜ惹かれるのかまったく自分でもわからない。決してやさしい人柄でもなければ面白味のある人物とも見えない。むしろ乾いて、冷やかで、苛《か》酷《こく》な性格らしいのに、それにもかかわらずこの異人は、ならんで歩いているだけで、いつのまにかどんな相手でも異《い》妖《よう》な雰《ふん》囲《い》気《き》にひきずりこむ一つの深淵《しんえん》であった。

ただ、世の中の何が面白いか、といった顔をしているくせに、好奇心だけは人一倍強いらしく、いまも――

「天皇とは何か？」

と、安兵衛にききはじめ、ついに安兵衛は怪しげな知識を動員して、三種の神器まで持ち出す羽目《はめ》に立ち至った。

「剣《つるぎ》？　鏡？　首飾り？　それ、日本で、一番の宝？」

「まあ、左様で」

と、あいまいにうなずくと、それはいつごろからの宝物で、いかなるもので、どこにあるか、というようなことを、微に入り細をうがって尋ねる。安兵衛には返答のしようがない。彼自身、ほとんど知らないからだ。

ふいにガリヴァーがけらけらと笑って、向うの言葉で何かしゃべったので、通辞の本木太郎左衛門の袖《そで》をひいてききだすと、

「皇帝最大の宝にして、そのしるしたる宝が、いかなるものかよく知らない。ふしぎな日本人！」

と、いったそうであった。さらに、通辞はいう。――

「しかし、いちばん尊いものが何であるかを知らぬのは、人類全体がそうであるともいえる」

みなまできかず、彼の笑いにひどく軽蔑的なものを感じて、

「見たければ、これからまもなくゆく宮で見たらよろしかろう」

と、安兵衛はむっとしていった。

「そこに熱田《あつた》神宮というものがある。それがあるから港の名も宮というくらいで、その神社に、神器の一つたる剣が祭られておるはず。――」

「あの巫女《みこ》も、そこの神社の巫女か？」

と、ガリヴァーがきいた。

四日市に近づくにつれて、あたりの街道を少なからぬ熊野比丘尼《くまのびくに》が歩いていて、それが日本の神に仕える巫女たちであるということは、ガリヴァーはすでに知っていた

らしい。

この熊野比丘尼については、ケンプエルも記している。

「私たちはまた数人の比丘尼、すなわち一種の乞食《こじき》尼僧を見た。彼女たちは旅人の心を愉《たの》しませるために、奇異にして粗野な調子の唄を歌いながら、旅人に近づいて、それなりの金銭を得ようとし、わずかの銭を得れば、旅人の欲するままに、いつまでも旅人と行を共にする。

彼女たちは多く山伏の娘であって、この尊い乞食階級の姉妹として神聖視されている。彼女たちの服装は清らかで美しく、頭には黒い絹の頭巾《ずきん》をかぶり、顔を日光に晒《さら》さないためにその上に笠をつけている。

その挙止、運動は大胆ではあるが放縦ではなく、従順ではあるが卑《いや》しくはなく、どんな点から見ても、しとやかな中に自由の趣きを保っている。彼女たちの行状を見るに、貧者が銭を乞《こ》うの光景というより、むしろ逸戯《いつぎ》遊楽の目的から出ているかのようである。

その容姿に至っては、この国に於《お》いて見ることの出来るもののうち、最も美しいものの一つである。その愛嬌《あいきょう》と美貌《びぼう》は、旅人をしてそれ以上の喜捨《きしゃ》をなすべく余儀なくさせ、彼女たちもちゃんとそのことを心得ているかのようである。彼女たちは熊野比丘尼と呼ばれ、つねに必ず二人以上相伴って歩く。

彼女たちはこうして乞うて得た収入のうちから、年々多額のものを伊勢に於けるその宮に奉献することになっているという」

要するに、当時の漂泊の売春婦だ。

「……いや、ちがう。あれは熱田神宮の巫女ではない」

と、安兵衛がくびをふったことから、では熊野の祭神はだれかということになり、それは天皇の祖先の一族の神ではないかと追及され、さて安兵衛はいくらまた笑われても、これまたあいまい模糊《もこ》たる知識を、汗とともに披露《ひろう》せねばならぬことになった。

しかし、ガリヴァー氏の質問は急にやんだ。

「ああ、私は日本に住みたい」

と、彼はつぶやいた。

「日本に？　日本には住んでおられるではないか」

「いや、出島の小天地にではなく、外に――永遠に、しかも、あの女性たちとともに」

彼は珍しく、夢みるような碧い眼で、熊野比丘尼のむれをながめやった。

「ジプシーとはまたちがう。神に仕え、漂泊する売春婦の団体、こんなロマンチックな存在が世界にまたとあろうか。私は生まれてからはじめて愛すべき女たちを見た」

これはむろんあちらの言葉で述懐したので、安兵衛は道を歩きながら、本木太郎左衛門の通訳によって知ったのだ。いうまでもなく通訳は粗雑なものであったが、大体の意味をきいて、安兵衛はふしぎに思った。

なぜなら、これまでの道中に、このガリヴァー氏が女性に対する興味を示したことはほとんどなく、むしろ日本の女を見るたびに嫌悪《けんお》のまなざしを見せ、いつか京の廓へほかの四人といったのも、たんなる異国的好奇心以外の何ものでもなかったらしいことを、改めて想起していたからだ。というのも、この人物がこんなウットリした眼を日本の女性に投げたのがはじめての現象だからである。

それにしても、この紅毛人は、どうやらえらい人物のようだが、熊野比丘尼については少々かんちがいをしておる。

と、安兵衛がはじめてガリヴァー氏にちょっとした滑稽《こっけい》と優越感をおぼえて、改めてその背をながめると、そのとき彼は立ちどまって、黒い長い筒を片眼にあてていた。

それが遠眼鏡《とおめがね》であることを、安兵衛はもう知っている。これまで何度かそれを見せられたからだ。

四日市から桑名への海沿いの街道であった。ガリヴァーは、伊勢湾の南の方を見ていた。

「ミスター・ホリベ」

と、彼は笑顔でふりむいた。

「のぞいて見なさい」

安兵衛はけげんな表情で近づいて、その遠眼鏡を受けとり、眼にあてた。

日毎《ひごと》に春光をまぶしくして来る大空の下に、海はまんまんと蒼《あお》い潮をふくれあがらせている。その水平線に、遠眼鏡でも小さく、奇妙な影が幻のように浮かびあがり、遠ざかってゆくのが見えた。

「やっ。……船だ」

と、彼はさけんだ。

船だ。しかし日本の船ではない。――安兵衛は長崎にいったことがないから、まだオランダ船を見たことはないが、たしかにそれは異国の船であった。三本の帆柱に無数の帆をふくらませ、しかも安兵衛は気のせいか、まんなかの帆柱の上に、赤地に白いしゃれこうべと骨を染めて出した旗さえ見えるような気がしたのだ。

「あれは……あれは？」

彼はふりむいた。

ガリヴァー氏はくびをふった。それには答えず、いたずらっぽい眼で、いつかのときのより少し上手な日本語で唄を口ずさんでいた。

「おれの名前はウィリアム・キッド
船路の中で、船路の中でよ、
おれの名前はウィリアム・キッド
船路の中でよ、
おれの名前はウィリアム・キッド
神のおきてを邪魔にして、
悪事の数々してのけた、
船路の中でよ」

堀部安兵衛は春の蜃気楼《しんきろう》を見た思いで、もういちど遠眼鏡に眼をあてたが、いまの妖《あや》しい船影は、もう海原のかなたに消え失《う》せていた。

四

桑名から宮へ、海上七里の渡しをわたる。

船の都合で、オランダ甲比丹一行の方が先にわたったあと、はげしい風雨となって海が荒れ、浅野家の行列がそのあとを追ったのは、一日おいてのことであった。

さて、夕刻、宮へ着いて——そこで、実に驚倒すべき事件をきくことになったのだ。宮の本陣に到着した小野寺十内のところへ、ひそかに、しかしあわただしく訪れた客がある。熱田神宮の権宮司《ごんのぐうじ》田島丹波《たじまたんば》であった。

浅野家の京留守居役の小野寺十内はかねてから田島丹波と親交があって、このたびの出府の途次、熱田へお参りすることも連絡してあったらしいのだが、それを待たずに丹波の方から十内を訪れた。

ややあって十内は堀部安兵衛を呼んだ。

「堀部、驚天の大事が出来《しゅったい》した」

そういった小野寺十内の顔色は人間の生色を失っていた。

「神剣が奪われた」

「——やっ？」

安兵衛ものけぞり返った。

やがてそばに幽霊のように坐った老人を熱田の宮の権宮司田島丹波と紹介され、さて丹波は語り出したが、その声もわななき、発音すら定かでないほどであった。

昨夜、風雨の中に、熱田の宮に凶盗の一団が押し入った。真夜中、鉄砲のような音が聞え、数人の神官が神剣をおさめた八剣宮へ駈《か》けつけたところ、毎夜宿直《とのい》をしている八人の番人、八人の巫女がことごとく殺戮《さつりく》されているのを発見したのだ。

番人の大半は斬殺《ざんさつ》または刺殺されていたが、八人の巫女は驚くべきことに一人も残らず、かくしどころからおびただしい出血をしている以外、傷はなかった。しかし、ことごとく絶命していることにまちがいはなかった。

「その恐ろしさもさることながら、神剣のお姿がない！」

むろん、口にするだに畏《かし》こき神剣を、大宮司すら眼に見たことはない。それは神殿の奥深く螺鈿蒔絵《らでんまきえ》のおん筥《はこ》におさめられ、祭られているのだが、それが消え失《う》せていたというのだ。

「な、なんと！」

さしもの堀部安兵衛も髪も逆立ち、全身の毛穴から血を吹く思いがした。

天津日嗣《あまつひつぎ》の象徴《しるし》たる天叢雲剣《あめのむらくものつるぎ》を盗んで逃げる大凶賊が、この国土の国民《くにたみ》の中に一人でもあろうとは。——

「さ、さ、左様な大凶変、いまだかつて耳にしたこともござらぬ」

「ないことはない。天智天皇《てんじ》のころ。——」

ふるえ声で、田島丹波の語るところによれば、熱田の宮から神剣を盗んで逃げた者がかってあることはあったという。新羅《しらぎ》の法師道行《どうぎょう》なるものが、神殿に忍び入って御《ぎょ》剣《けん》を盗み、難波《なにわ》に走って新羅へ逃げようと計った。このことは「日本書紀」二十七巻天智天皇の条に、

「是歳《このとし》、法師道行、草薙剣《くさなぎのつるぎ》を盗みて新羅へ逃げ向《ゆ》く。而《しこう》して中路に風雨にあいて荒迷《まど》いて帰る」

と、あるという。

道行は海に迷い、神剣の祟《たた》りであることを知ってついにこれを海に捨てようとしたが、剣はそのたびに飛び帰って、そのからだから離れないので、恐怖のあまり船を返して自首して出た。

それ以来、御剣《みつるぎ》は天皇のおそばにあったが、天皇また病みたまい、これまた御剣の祟りであることを知られて、これをもとの熱田に返されたという。――

しかし、これはやはり異国人《とつくにびと》の所業だ。日本人のしわざではない。

「が、鉄砲を持った凶賊でござると？」

「それがじゃ」

と、田島丹波がまたうなされたような眼でいう。――昨夜熱田の森の外の一廃寺に、三人の熊野比丘尼が雨宿りしていた。それが、その時刻、宮の方から出て来る影を見

たが、稲妻に照らされて、その影は四つ、しかも長い合羽《かっぱ》みたいなものを着て、人間とも思われぬ大男のように見えたという。――

「きゃつらだ！」

と、安兵衛はさけんで、がばと大刀をひっつかんだ。

「それきいて、わしも思い当った」

十内がいった。

「堀部、おぬし、あの者どもよう知っておったな？」

「は。――さるにても不敵な痴《し》れ者《もの》、何かただではすまぬやつらとは見ておりましたが、まさかこれほどの大事をやってのけようとは！」

「甲比丹一行は、けさ宮を立って、江戸へ向ったという。――」

「ぬけぬけと。――」

安兵衛は立とうとした。十内が手をあげた。

「わしもゆこう。しかし、安兵衛、待て」

「は？」

「このこと、まことに以て天下を衝動させる大事件じゃが――天下を衝動させては相成らぬ。つまり、あくまでも何ぴとにも知られぬうちに神剣をとり戻さねばならぬ」

十内は深刻な眼でいった。

「おぬしも知るように、江戸の将軍家には朝廷のおんことについてはきわめてお志の篤《あつ》いお方、さればこそ熱田の宮も、太閤《たいこう》さま以来百年ぶりに、御当代さまに至って大々的に御重修あそばされた。そこに、かかる前代未聞の失態が明るみに出てみよ。少なくとも大宮司以下神官一同腹切っても追いつかぬ」

「おお」

「それらのことはいかにもあれ、何としてもこの大凶事は秘事として始末したい。おぬしを呼んで、その助力を請うたのはそのためじゃ。堀部ならば、これを隠密《おんみつ》のうちにとり戻してくれるだろうと思案してのことじゃ」

「相《あい》わかってござる！」

安兵衛はさけんだ。

「お、お願いでござる。われら神官のいのちは知らず、ただ御剣のみは御安泰に。――」

権宮司田島丹波はがっぱとひれ伏した。

ただ主君の内匠頭だけにはひそかにこの変事を告げ、許しを受けて、小野寺十内と堀部安兵衛は、先に出立したというオランダ人一行を急追した。

甲比丹一行は岡崎《おかざき》の宿に泊っていた。

二人がその宿の戸をたたいたのは、もう夜明けに近いころであった。そして、出て来た通辞本木太郎左衛門からまたも思いがけないことを耳にしたのだ。

例の四人は、宮についた直後から別れてしまったという。いや、彼らは姿を消してしまったという。——

熱田神宮の凶事をきいて、しかし本木も驚倒し、甲比丹たちをも呼んで来た。オランダ人たちも色を失った。はじめてあの四人の男たちの素性をきいたのである。

彼らはオランダ人ではなかった。イギリス人であった。

しかも、ここ数年前から世界の海を荒らし回っている大海賊キッドなる者とその一味であるという。

その名はウィリアム・キッド。ヨーロッパの暦で一六四五年ごろの生まれというから、一六九七年にあたるこの元禄十年には、五十二、三歳になる。もとはスコットランドの牧師の子だが、のちにアメリカに渡って密貿易に従い、忽然《こつぜん》として海賊に変った。しかもイギリス政府お墨付きの海賊である。

はじめは主として大西洋で、イスパニア、ポルトガル、フランスなどの商船を狙《ねら》ったが、去年ごろインド洋から太平洋へ乗り出して来て、熱帯の海風に酔っぱらったか、相手えらばず、手段えらばず、船といわず陸といわず、掠奪《りゃくだつ》、放火、強姦《ごうかん》、殺戮《さつりく》、まさに天魔のごとき海賊船の首領に変貌《へんぼう》した。配下は一騎当千の凶漢ばかりで、これに襲われたら、ほとんどなすすべもない。

そして、ついに彼は東南アジアでオランダ船をも狙いはじめたのだ。バタヴィア総督オートホルンは震駭《しんがい》し、そのうちいかにしてかキッドと交渉して、ついに一つの取引きをした。それはキッドが日本という国を見物したいという望みを抱いていることを知って、日本と貿易することを許されている唯一の西欧国オランダの基地長崎出島に、キッドを入れてやる代り、以後オランダ船には手を出さないという約束を結んだのだ。

かくてキッドは数人の手下とともに出島に入って、たまたま商館長フォン・ブーテンハイムが恒例により参府するという機会にめぐり逢うや、その随員に加わることを強請した。

その行状についてはよくよく訓戒しておいたにもかかわらず、ともすればそれが傍若無人であったのは、素性が素性であったからだ。しかも、甲比丹たちはそれを扱いかねた。バタヴィア総督からの内示のゆえのみならず、彼ら自身の凶暴さのせいである。

首領キッドの恐ろしさはいうまでもない。頬《ほお》に傷あとのある黒髯《くろひげ》のティーチは強力無双であり、燃えるような赤毛のデーヴィスはフェンシングの達人であり、義眼のシルヴァーは片眼のくせに、船では大砲、陸に上れば短銃の名手である。そして、何よりも、じかにつき合って見れば、どの男にも、抵抗出来ない凄《すさま》じい迫力があった。が、ともかくもこの旅行ばかりはおとなしく日本を見物するという約束であったのに——なんぞはからん、ついにかかる大事を仕出《しで》かそうとは！

「道中、この国のすべては貧乏くさく、欲しいものはとんとない、と大軽蔑のていでござったが、ついに奪うべきものを見つけ出したのでござろうか」

ワナワナとおののきつつ、通辞本木太郎左衛門はいう。——

「しかし、このこと明らかとなれば、われらのいのちはもとより、この甲比丹御一行、いやいや出島そのものの運命もいかが相成るか、絶望のほかはござらぬ。ああ、何たることをしてくれたものか。必ず、必ずわれらの手で捕えて御剣返させますれば、それまでなにぶんとも御内聞に！」

「そちらが騒いで、内聞ですむかよ」

小野寺十内は沈痛にいった。

「そちらの困惑はともあれ、こちらにも公けとなってはこまることがあるのじゃ。よし、こうなっては、われらの手で始末してやる。……たとえ、いかなる凶賊であろうと、ここは海の中の日本国、しょせん外へ逃げられるはずはないが」

ふっと、安兵衛の頭に、数日前に伊勢の海の果てに見たあの怪船の帆影が浮かんだ。同時にまたあのふしぎな異人ガリヴァーのことも浮かんだ。

「ちょっときくが、あのガリヴァー氏《うじ》もやはり海賊の一味か」

「いや、あれはそうではないようで。――あの御仁の正体はこちらにもよくわかり申さぬが」

と、太郎左衛門はくびをかしげた。

「どうやら牧師――もとは伴天連《バテレン》であったらしゅうござるが、オランダ語に通じておるゆえ、キッドめがいっしょにつれて来たようでござる。それにしても海賊とは縁遠い人柄のようじゃが、どこでキッドの船に乗り込みなされたか、とにかくえたいの知れぬ御仁で。――一昨夜まではわれらといっしょにおったゆえ、熱田の宮の凶行に加わっておらぬことはたしかじゃが、朝になって見ると、これまた姿を消しておったところを見ると」

「やはり、一味だな」

「堀部、追え。きゃつら、東へ逃げたと見るほかはない」

と、小野寺十内はせかせかといった。

「わしはいそぎ宮の本陣に立ち帰り、応援の剣士をえらんでいそぎそなたを追わせよう。相手は五人、いかな安兵衛とて一人では心もとなかろう」

「応援の剣士？」

「されば、梅寺太郎、赤谷弁之助、跡部条七郎——それに仲間の奈良坂百助《ならさかひゃくすけ》と麴銀之進《こうじぎんのしん》を」

いずれも、いつぞやの伏見の騒ぎのめんめんであった。

「わしは、宮の惨事の善後策を講じねばならぬ。堀部、頼んだぞよ」

「かしこまった！」

五

岡崎から東へ、藤川、赤坂、御油《ごゆ》、吉田の宿《しゅく》。

そこへ、押っ取り刀で、小野寺十内に動員された五人の剣客が追いついた。

「大事をきいた。——京で十内どのに叱咤《しった》されたときはむっとしたが、いまにして思い当る。あのとき、きゃつら成敗《せいばい》すべきであった」

地団駄《じだんだ》踏まんばかりにして、梅寺太郎がいう。それもあるが、また、

「死すともこの役目、日本のために果たせよとの殿の御諚《ごじょう》じゃ。もし時を経てなお神剣奪還のこと成らずんば、浅野藩あげて乗り出すほかはない、とのお言葉」

「しかし、そうなれば、すべてが白日《はくじつ》の下《もと》にさらされる」

「それよりも、特にこの秘命受けたわれらの恥辱じゃ」

まなじりを決して、赤谷弁之助、跡部条七郎、奈良坂百助なども口々にいう。そして。——

「見つかったか、堀部、その紅毛の逆賊たちは？」

麴銀之進にかみつくようにきかれて、安兵衛は焦燥した眼で首を横にふった。

とにかく、日本である。ひとすじの東海道である。あの異相異形《いぎょう》の五人が、人の目にふれぬはずはない——と思っていたのだが、ここまで来るあいだに、彼は捕捉《ほそく》することが出来なかった。

もう夜の明けた街道を、ちらほらと旅人はやって来る。赤坂の宿《しゅく》で、こういう者どもに逢いはせなんだかときいても、

「いえ、そんな。……」

と、けげんそうにみな首をふる。

ところが、さらに東へ、御油の宿の手前まで来ると、向うからころぶように駈けて

来る数人の旅人があり、さては、とこれをつかまえて問いただすと、果たせるかな、

「見ました！　化物《ばけもの》みたいな大きな紅毛人が、げらげらと笑いながら、東へ。――」

と、うなされたような眼つきでいう。

――きゃつら、ひょっとすると、話にきいた切支丹伴天連《キリシタンバテレン》の妖術《ようじゅつ》でも使うのではないか？　と安兵衛は考えたほどであった。

安兵衛からそんな怪異をきかされて、半信半疑の表情をした五人の剣士も、浜名湖の手前新居《あらい》の関所を越えてから、改めて狼狽《ろうばい》しないわけにはゆかなかった。ここは、天下の関所だ。東海道を往来する者は、だれでも役人の眼にふれずにはいられない。その役人が、そんな異人など見たこともないという。――しかるに、そこからいわゆる今切《いまぎれ》の渡し、一里の湖を舟で渡って舞坂《まいさか》の宿につくと、なんとその五人の妖影《ようえい》が東へ歩いてゆくのを見た者があるというのだ。

「今切の渡しをどうしたのじゃ？」

と、梅寺太郎がうめいた。

「きゃつら、海賊といったな」

安兵衛はいった。

「ならば、一里の湖など泳いで渡るに何のふしぎもあるまい？」

海賊キッド！　海賊キッド！　後世にいたるまで、スティーヴンソンの「宝島」や、ポーの「黄金虫《こがねむし》」にその名をとどめる伝説的にして、しかも実在した大海賊キャプテン・キッド。

これが元禄十年春、忽然《こつねん》として日本に現われたという大怪事を、実は堀部安兵衛や浅野藩五人の剣客は、それほど荒唐無稽《こうとうむけい》とは感じない。荒唐無稽と判断するだけの知識がないのだ。

念頭を灼《や》くのは、ただ夷狄《いてき》の賊に、神国天朝の象徴《しるし》天叢雲剣《あめのむらくものつるぎ》を盗まれた、という事実だけである。しかも堀部安兵衛は、ほかの五人に倍して焦燥していた。

それが日本最大の宝だということを、彼らに——あのガリヴァーに解説したのは自分だという悔恨《かいこん》の思いがあるからだ。いまにしてふりかえれば、ガリヴァーが口ずさんだあの怪しげな唄の中にもたしかキッドという名があったように思う。あのときはキッドが何者か知るよしもなかったが、あれは自分をからかっていたのだと思う。

ともあれ、いかに破天荒《はてんこう》の凶賊とはいえ、わずかに五人、四面海の日本からついには逃れ得べくもない——と思い、彼らの心事を疑っていたが、しかし次第に安兵衛はその見込みがゆらいで来るのをおぼえた。

例の怪船のことである。きゃつら、どこかの岸にあの船をつけて、海の外へ逃げるつもりでこの大《だい》それたことを企《たくら》んだのではないか？

それに、もう一つ、さらに恐ろしい疑いもあった。万一進退谷《きわ》まれば、彼らは神剣を条件として、江戸幕府に何か強談《こわ》判をしかけるつもりではないか？　一毫《ごう》の傷さえつけてはならぬ不磨《ふま》の御剣《ぎょけん》である。それを以て脅迫されれば、きゃつらの願いがいかに夢想的なものであっても、およそ成らぬことは一つもない！

いや、何よりもまず、彼らがまだ捕捉《ほそく》出来ないことこそ怪事。いかに東海道とて、道程には山あり、河あり、北へ南へ分れる脇道《わきみち》もある。

「……三つに分れよう」

変幻出没、五彩の逃げ水のごとき曲者《くせもの》の影に翻弄《ほんろう》され、音《ね》をあげた赤谷弁之助がついにいい出した。

「そして、網を曳《ひ》くように、三段で捜索してゆくのだ」

堀部安兵衛は一息思案して、しかしついにその法を認めぬわけにはゆかなかった。思案したのは、この相手の容易ならぬものであることを想起したからであった。このような大事が出来する以前から、彼は紅毛人たちが超人的な力を持つ男たちであることを、肌《はだ》で感じている。こちらが分れるのは、それだけ危険だ。――とは思えど、やはりこの際、何はともあれ彼らを発見することこそ焦眉《しょうび》の急。

「……よし、では」

ともかくも、天竜川《てんりゅうがわ》を渡って、見付《みつけ》の宿《しゅく》で三つに分れた。ここより遠江《とおとうみ》。堀部安兵衛と梅寺太郎。赤谷弁之助と跡部条七郎、奈良坂百助と麹銀之進の三組だ。

これがまちがいのもとであったことは、数日中に明らかとなった。

掛川《かけがわ》の宿で。——

「もしっ」

そこから北へ、いわゆる秋葉山《あきはさん》へゆく豊川《とよかわ》道に入って消息をたしかめ、またひき返して来た安兵衛と梅寺太郎は、三人の熊野比丘尼に呼びとめられた。

「二瀬橋の下で死んでいなさるのは、あなたさま方のお仲間ではござりませぬか？」

ケンプエルやガリヴァーは、この漂泊の売春婦をことごとくロマンチックな天使のごとくに描いているが、なに、むろん実態はそんなものではない。——しかし、彼らにこう声をかけた三人は、まだ若く、初々《ういうい》しく、そしてほんとうに天使のように美しかった。

が、むろんこの場合、彼女たちの美貌《びぼう》に眼をとめているいとまはない。

「なんだと？」

「お二人、むごたらしい仏になって」

安兵衛と太郎は、掛川の西を流れる二瀬川のほとりにとって返した。そして、その橋の下に、果たせるかな、赤谷弁之助と跡部条七郎を発見したのである。

むごたらしい死骸《しがい》と熊野比丘尼は報告したが、ききしにまさるとはこのことだ。両人ともたんなる腕自慢ではなく、安兵衛にしても三本に一本はとられる剣客であったのに、赤谷の方は脳天から、跡部の方は袈裟《けさ》がけに、あばらのすべてを断ち割られ、二つにならんばかりの死骸となっていたのである。

「ただの刀ではない。――」

と、安兵衛は戦慄《せんりつ》してつぶやいた。

「まるで大きな鉈《なた》で切ったようじゃな」

こんな凄《すさま》じい殺傷を与えるものが、日本人にあろうか。――きゃつらだ！　きゃつらがやはりこのあたりに出没しているのだ！

事態は悠長《ゆうちょう》ではなかった。惨劇は相《あい》ついで起った。

日坂《にっさか》から小夜《さよ》の中山をあえぎあえぎ上ってゆくと。――

「もしっ」

また、呼ばれた。上から下りて来た三人の熊野比丘尼であった。

「お仲間の衆がお二人、そこの山中で殺されていなされまする」

愕然《がくぜん》となりながら、堀部安兵衛は、はじめてその三人の女に眼を釘《くぎ》づけにした。同じ女だ。

それにしても、なぜ彼女たちはこちらのことを知っているのか？——しかし、それをきく余裕すらない場合であった。二人は狂乱したように坂を駈け上っていった。

「そこの夜泣きの松から右へ、半町ばかり入ったところ。——」

熊野比丘尼はついて来ていた。安兵衛たちの足を追って、驚くべきことに、息も切らせていない。——

そのことのふしぎをかえりみるいとまあらず、二人はいわれた通り、松と熊笹《くまざさ》の中をかきわけていって、そこに奈良坂百助と麴銀之進の死骸を発見した。

烈《はげ》しい決闘を行なったと見えて、熊笹は踏みしだかれ、杉の枝は折れちらばっている。が、二つの死骸はあまり血を流してはいなかった。ただ両人とも、左眼から出血して死んでいた。

「刀で刺されたのじゃ。しかも——眼からうなじへつきぬけておる！」

安兵衛はうめいた。

「日本の刀ではない。が、みごとな、恐るべき手練《てだれ》じゃ！」

二人は、杉林の中で、青い冷たい雨にでも打たれたように、全身に粟《あわ》を浮かべてこのぶきみな恐ろしい死骸を見下ろしていた。

「……もしっ」

そのひそやかな声がかかったとき、二人はそれまでに倍してぎょっとした。熊笹の中に、先刻の三人の比丘尼がならんでひざまずいていた。

鉦《かね》をたたいて、「血盆経《けつぼんきよう》」を唄い、熊野牛王《ごおう》の札を売り、その実、男たちに春を売って諸国を歩く熊野比丘尼――色を売るくらいだから、毒々しいばかりの化粧をした者も多い中に、これはまた精霊のようにあきらかに美しい三つの顔を、二人はこの場合、悪夢を見る思いで見た。

「お願いがござりまする」

「なんだ」

安兵衛がわれに返って、かみつくようにいった。

「うぬら、怪しき唄比丘尼だ。われらのことをなぜ知っておる？」

「あなたさま方のことというより、御剣《みつるぎ》のことを」

と、一人がいった。

「それを奪った盗人のことを」

「なに？　それを、いかにして？」

「熱田の宮の森の外で、その男たちが逃げるのを見ていたのはわたしたちでございます」

卒然として安兵衛は、熱田神宮の権宮司田島丹波がそんな話をしていたことを思い出した。あれが、この女たちであったか。――それにしても。――

「それから、殺《あや》められた八人の巫女さまは、わたしたちにほんとうにやさしくして下さいました」

と、三人目の女がいった。

これで事情は少し判明したが、まだわからないところがある。――安兵衛はいった。

「いま、願いがあると申したな。それは何だ」

「わたしたちが御剣をとり返してはいけないでしょうか？」

堀部安兵衛はあっけにとられた。

「おまえたちが――ば、ばかな！」

「……そう仰せられるであろうと思っておりました」

熊野の売春尼たちは顔見合わせて、かなしげにいった。

「わたしたちは御存じのようにいやしき者、それが、事もあろうに御剣をとりもどすなどいう大それたことをいたしましては、ほんとに罰《ばち》あたりな」

「そんなことではない！」

と、安兵衛はさけんだ。

「願いとは、そんなことか。ばかなことを——出来るなら、やって見ろ。いままで討たれた四人の侍、わが朋輩《ほうばい》ながら、世にざらにない遣い手ばかりだぞ。それをかくもやすやすと、芋か大根かのように殺した怪物どもを、女の——しかも、熊野比丘尼が——」

「おゆるし下さいますなら、お礼を申しあげまする」

三人の比丘尼はお辞儀をした。そして低い声でいった。

「わたしたちは、甲賀に生まれた女でございます」

六

「——いました！　異人たちが」

いったん姿を消していた三人の熊野比丘尼が、安兵衛たちの前にまた現われたのは、その日の夕方であった。大井川を渡って、島田の宿へ河原を駈けて来たのだ。

「やっ、どこへ？」

「藤枝《ふじえだ》の宿から南へ——焼津《やいづ》の方へ」

五人は駈けた。島田から二里八丁の藤枝へ。

そこから東海道をそれて海の方へ分れる街道がある。その方へ、五人の紅毛碧眼《へきがん》の海賊たちは、まるで巨大な妖鳥《ようちょう》のごとくひらひらと翔《か》け去ったという——。

藤枝からまた一里以上も走りつづける。あたりは茫々《ぼうぼう》たる春の草原となり、その果てから潮の匂《にお》いがして来た。日は暮れかかって、仄白《ほのじろ》い、しかし大きな月がのっと上って来ていた。

焼津。——その昔、日本武尊《やまとたけるのみこと》が賊に襲われ、四面から火をつけられて危急の際、剣がひとりでに飛びめぐって、あたりの草を薙《な》ぎ払ったという故事から発した地名。おお、そのときの草薙剣こそ、いま奪われた神剣ではないか。——

しかし、安兵衛たちは、そんな因縁を回顧する頭脳を持たなかった。なんとこの場合自分たちが追っている五人の大賊のことすら念頭から消し飛んでしまったのだ。

「あっ……あれは何だ？」

五人は棒立ちになった。

草の向うに海が見えていた。その海に一隻の船が浮かんでいた。船は三本の檣《ほばしら》に無数の帆をふくらませた異国の船であった。それは幻のごとく妖々《ようよう》と近づいて来た。まるで草の向うから湧《わ》いて来るように、徐々に徐々に大きく。

あたりに人影はなかった。音もなくそよぐ草原、南風に吹かれる白いまるい月、鉛色にけぶる海、そしてこの妖異《ようい》なる船——その檣には、これだけくっきりと、大腿骨《だいたいこつ》のぶっちがいに骸骨《がいこつ》を白く染めぬいた真っ赤な旗がはためいて——彼らは、ここが日本ではないような気がした。

いや、ここはまるで現実のものではない幻想の世界のようであった。

すると、そのときどこかで音がした。実際人間の声ではない、怪鳥のさえずりのように聞えたが、あきらかにそれは怪しげな日本語の唄声であった。

「おれはこの手に聖書を持ってた
船路の中で、線路の中でよ、
おれはこの手に聖書を持ってた
船路の中でよ、
おれはこの手に聖書を持ってた
おやじのきつい命令で、
なれどそいつを砂ン中に埋めた
船路の中でよ」

うなされたように堀部安兵衛はさけんだ。

「あいつだ！」

彼はあのガリヴァーの唄を思い出したのだ。しかし、節調は同じでも、それは数人の男たちの酔っぱらったような濁《だ》みた唄声であった。

「や……あそこにおる！」

梅寺太郎が指さした。

いままで、どうして見つからなかったのであろう――おそらく船に眼を奪われていたせいにちがいない――はす向うの小さな砂丘のかげから、自然と五つの影が湧き出した。

「おお、船から小舟が下ろされるぞ。あれに乗せて逃げるのじゃ、堀部！」

太郎のさけびが聞えたのであろう。砂浜の五人がふりむき、顔見合わせ、そのうち一人を残して、四人がゆっくりとこちらへ歩いて来た。

「やはり、来たか。――」

先頭に立っているのはガリヴァーであった。

「待ちなさい、ミスター・ホリベ」

彼だけ表へ合羽《かっぱ》様《よう》のものを裾《すそ》まで羽織り、あとの三人はそれを投げ捨てて、代りに赤や青の三角帽子をかぶり、胴のしまった赤繻子のチョッキから麻のひだ飾りをのぞかせ、色鮮やかな帯を巻いていた。そのうち一人は膝《ひざ》に短銃をぶら下げ、あとの二人はそれぞれ長い剣と彎曲《わんきょく》した剣をきらめかしつつ吊《つ》っている。

「そこから来るな」

ガリヴァーはいって、自分たちも立ちどまった。

「来れば、死ぬだけ」

「神剣を返せ」

安兵衛はさけんだ。ガリヴァーはくびをかしげた。

「アメノムラクモノツルギ？」

「おお、その御剣《みつるぎ》を返せ」

「返す代り、話ある。——」

「なんだ？」

「わたし、まだ日本にいたい。わたし、日本に置いてくれるなら」

「厚顔なことを！」

安兵衛は吐き出すようにいって、しかし近づいて来る小舟を眺《なが》め、神剣のゆくえを思って、声をしぼった。

「まず、神剣を返せ。さもなければ——」

「わたし、知らない」

おそらく不自由な日本語のせいであったろうが、人を小馬鹿にしたようなこの言葉に、いままで焦《じ》れていた梅寺太郎が、安兵衛の横から猛然と走り出した。一刀抜きはらい、うしろにひっさげて。

それと見て、いままで理解出来ない日本語の応酬を、これまたいらいらしたようにきいていた三人の海賊が、ガリヴァーのうしろから大股《おおまた》に歩き出して来た。安兵衛もまたこれに駈け向う。

「ああ！」

追おうとして、ガリヴァーは絶望したような声をあげて立ちすくんだ。

白いまるい月を背に、日本の二人の剣士とイギリスの三人の海賊は、草原の中に相《あい》対峙《たいじ》した。すでにこのとき、二人の海賊は腰の刀を抜いている。しかし、安兵衛と梅寺太郎をつつむ一種異様な、寂寞《じゃくまく》たる――必死の剣気にのまれたか、二人もぴたと動かなくなった。

堀部安兵衛に相対《あいたい》したのは、真っ黒なひげに顎《あご》を覆われ、頬《ほお》に傷あとのある、雲つくような巨漢であった。全身筋肉の瘤《こぶ》のかたまりのようで、それが物凄《ものすご》い彎刀《カトラス》をぶら下げている。それで打ってかかられればもとよりのこと、安兵衛の方でそのからだに斬りつけてもぴいんと筋肉ではね返されるかと思われた。

掛川で、赤谷弁之助と跡部条七郎を虐殺したのはこやつにちがいない。――

梅寺太郎と向い合ったのは、燃えるように赤い髪を持った、これまた物干竿《ものほしざお》みたいに背が高いが、見るからにしなやかなからだを持つ海賊であった。これが左半身に構え、左手をうしろにのばし、右手にまるい大きな鍔《つば》のついたまっすぐな長い剣をビューッと前へつき出していた。

小夜の中山で、奈良坂百助と麴銀之進を惨殺したのはこやつにちがいない。――

もう一人の男は、やや離れて、両手を腰にあてて、仁王《におう》立ちになって見物の態《てい》であった。唇《くちびる》はにんまりと笑い、片眼が銀のような無気味なひかりを放っている。

凝縮した鉛色の大気の中で、この男がへんな抑揚で歌い出した。

「おれの獲物《えもの》は黄金《きん》の延棒九十本
船路《ふなじ》の中で、船路の中でよ
おれの獲物は黄金の延棒九十本
船路の中でよ
おれの獲物は黄金の延棒九十本
そのうえ色とりどりの貨幣まで

　無限の富を手に入れた
　船路の中でよ」

　おそらく逃走の途中、ガリヴァーからこの日本の歌を教えられて、面白がっておぼえたものだろう。――しかし、ガリヴァーよりもさらにへたくそで、それだけにいっそうぶきみな唄声であった。

「寄るなっ」

　安兵衛がさけんだ。うしろからひらひらと漂って来るような三つの影――三人の熊野比丘尼の姿を感じたからだ。

　その絶叫をどうきいたか。――

　前面の黒髯《くろひげ》の彎刀がぶんとあがった。まるで真っ黒な旋風のごとく、それが天空から安兵衛のからだに襲いかかった。

　黒旋風のふちを、安兵衛は駈けぬけた。

「オーオ！」

　野獣のような咆哮《ほうこう》とともに、彎刀は夕空に舞いあがっている。そのさきに、毛だらけの腕を一本くっつけて。

　その彎刀を一髪の差でかわし、駈けながら一瞬に、堀部安兵衛の抜き打ちの一閃《いっせん》が相手の右腕を肩のつけねから切断したのだ。

七、八歩走って、安兵衛はくるっとふりむいた。――いまの咆哮にまじって、きいっというようなちがう悲鳴がながれたような気がしたからだ。

梅寺太郎はのけぞっていた。その片眼から後頭部にかけて、赤髪の海賊の長剣がつらぬいていた。その長い足があがって、どうと太郎の胸を蹴《け》りあげた。まっすぐな刀は抜け、太郎は一間《けん》もすっ飛んでころがった。

「梅寺！」

絶叫とともにその方へ躍りかかろうとした堀部安兵衛は、すぐ横に立って見物していた男の動作にただならぬものをおぼえて、またぱっと飛びすさり、棒立ちになった。

義眼の海賊――シルヴァーは腰の短銃をぬきあげて、ぴたりとこちらへ向けていた。

同時に赤髪のデーヴィスは長剣をむけたままこちらに歩み寄り、うしろに両膝ついて苦悶《くもん》していた黒髯のティーチも丸太みたいな左腕に、ふたたび大彎刀を拾いあげて立ちあがろうとしている。

七

三方からの殺気の交錯するところ、堀部安兵衛はまさに必殺の地にあった。

なかでも、シルヴァーの短銃のひきがねにかけられた指は、いとも無造作《むぞうさ》にあわや曲がらんとした。——それを一瞬止めたのは、

「ウエイト！」

と、いうようなガリヴァーのさけび声である。

彼はもういちど三人の仲間を見やり、十字を切ってまた何かいった。これに対して片膝だけついてふりかえった黒髯のティーチが猛然と吼《ほ》え返した。ガリヴァーが猶予《ゆうよ》を請うたのを、憤怒《ふんぬ》を以《もっ》て拒否したらしい。

しかし、一瞬待ったがために、ほかからの異変が生じた。

「オーオ！」

シルヴァーがまたさけんだ。

両眼ともに義眼と化したかのような顔のむけられた方角を、あとの二人も見た。ガリヴァーも見た。堀部安兵衛も見た。

なかんずく、いちばん大きく眼をむき出したのは安兵衛であったかも知れない。彼らはそこに、きものをかなぐり捨てて全裸になった三人の熊野比丘尼を見たのであった。

驚きが一息。海にのぼった春の満月をあびて、しかも一帯銀灰色の蒸気につつまれ

て、その中に浮かぶ三個の女体《にょたい》を、人魚のように美しいと見たのもまた一息である。三つと息をつかないうちに、安兵衛は鈴をふるような声をきいた。

「忍法女陰成仏《にょいんじょうぶつ》――！」

三匹の人魚の真っ白な腹部に縦ひとすじの切れ目が走った。と、それがみるみるびれこみ、両側に柔らかな陰翳《いんえい》を持つふっくらとした肉が盛りあがった。このとき三人の女人は、その顔までが消滅して、ただ黒髪のみが残り、それが嫋々《じょうじょう》と吹きなびいて、その全体をふちどった。

見る者には永劫《えいごう》のながさを思わせる時間であったが、そこにはしとどに濡《ぬ》れ、うすもも色に息づき、むせ返るような芳香を発する――三個の、しかも女身大の女陰があった！

それを怪《かい》と見る意識は、安兵衛の脳髄から失われている。足の方から熱い血がぎゅーっと頭に上ると、彼は棒立ちになり、硬直してしまった。

「忍法男根成仏！」

そんな声をまた遠くきいたが、それはまるであの白い満月から降って来た声のようであった。

全身火のように熱し、ズッキズッキ脈打ち、脳天からいまにも血潮か何かがほとばしりそうだ。

そして、彼は見た。草原の中に立つ四本の大男根を。

いや、それらはいずれももとのままの衣服をまとっているが、なぜか安兵衛にはそれが男根に見えたのだ。だいいち、にゅっとつきさした首が一大肉塊となって、亀頭《きとう》そっくりだ。――なんと、立とうとして地にもがいていた彎刀の男さえも、両足そろえて直立している。

「言え！」

第一の女陰の奥から声がながれた。

「御剣のありかを！」

赤い陰毛をそよがせたひょろ長い男根は、どうやら長剣で梅寺太郎を刺し殺した男らしかったが、それが脳天の先から何やらいったようだ。

しかし、それは異国語であったから、何の意味やらわからない。――

このとき、港の方には小舟がつき、どやどやと新しい異人の水夫が飛び下り、そこに残っている見るからに豪壮な海賊の一人と声高に話しながら、こちらを指さしていた。「キャプテン」「キャプテン」という声がひときわ高くひびいた。

やや焦《あせ》ったように、女陰の一つが、デーヴィスらしい男根に二、三歩近寄ると、その赤い陰毛に覆われた大肉筒は、いきなりその方へななめに傾き、春の夜空にビューッと白濁した液体を奔騰《ほんとう》させて、どうと前へ倒れ、動かなくなった。

浜の方から、海賊たちが駈けて来た。

「早く言え！」

第二の女陰が、一点妙な銀光を発する第二の男根シルヴァーらしい肉筒に近づくと、これまたえたいの知れぬ声とともに、おびただしい白濁液を噴出させて転倒する。

駈けて来た海賊たちが立ちどまった。この怪異にぎょっとしたらしい。

「言わぬか！」

第三の女陰が、黒毛の男根に迫ると、怪声一番、やはり白汁をほとばしらせつつころがる。これは黒髯のティーチらしい。

海賊たちが何やらわめくと、彼らはもと来た港の方へ逃げ出した。三つの女陰はその方へ流れるように移動した。途中でみるみる裸身の比丘尼に復原しつつ。——

「ど、どうしたのじゃ？」

安兵衛はうめいた。これは自分に問いかけたのだ。

忽然《こつねん》として彼もまたもとのからだに戻《もど》るのを自覚していた。ただし、まだ頭がしびれているようだ。彼は草の上に眼を落し、これまたもとの姿に返った三人の海賊が、口から仄《ほの》かな月光にも白くひかるものを大量に吐いて倒れているのを見た。たしかめるまでもなく、あきらかに彼らは絶命していた。

「グッドバイ、キャプテン・キッド」

うしろでつぶやく声がした。

復原したガリヴァーがそこに呆《ほう》けたように立って、浜の方を眺めやっていた。小舟に飛び乗ったもう一人の雄偉な海賊と水夫たちは、狂ったように海の上の帆船の方へ逃げてゆく。

三人の女が砂浜に達したときは、もう一人一人顔さえはっきりしない距離に遠ざかっていて、ふいにうす暗い潮煙の中から、豆を煎《い》るような数発の銃声が聞え、三人の女が砂上に身を伏せるのが見えた。

「逃がしたか！」

安兵衛はわれに返り、身ぶるいし、夢中で走り出そうとした。

「しまった！　ついに神剣を奪われた！」

「剣、日本にある」

安兵衛は立ちどまった。ガリヴァーはいった。

「キッドは捨てた」

「なに？」

「キッド、隠した」

安兵衛は躍りあがった。

「キッドが、神剣を隠したというのか。どこへ？」

「知らない。わたしに教えない」

例によって、とぼけた返事である。——しかし、彼は白ばくれているというより、心から悲しそうな顔をして、何か物想《ものおも》いにふけっていたようであった。

これだけの大罪を犯して、たった一人とり残されて、しかもべつに恐怖も悲嘆も絶望も感じていないらしいこの人物に、安兵衛はややあっけにとられた。

「剣、どこかにあるはず。わたし、日本に残って探す」

「き、気楽なことを申すな。生きて日本に残るつもりか」

「わたし、死ねば、剣、わからなくなる」

ついに安兵衛は、ガリヴァーの手をつかんでさけび出した。

「いったい、どうしたというのだ？」

そこへ、三人の熊野比丘尼がよろめくように駈け戻って来た。そして、自分たちの未熟のために、かんじんの盗賊の首領を神剣もろともとり逃がしてしまったことを、身もだえしてわびた。

この比丘尼たちの先刻の、言語を絶する妖法《ようほう》への疑惑もさることながら——この場合、それよりも安兵衛はガリヴァーのいまの妙な言葉にひっとらえられていた。

ガリヴァーはもとの地点から離れて立って、海の方を眺めていた。月明と潮煙の中を、怪船は妖々と遠ざかってゆく。

「グッドバイ」

と、彼はまたつぶやいた。

八

「ガ、ガリヴァー氏《うじ》」

安兵衛はその前に向って必死にきいた。

「いま申されたこと、もういちど申して下されい」

これに対してガリヴァーは改めて説明しはじめた。恐ろしく怪しげな日本語で、しかも通辞がいないので、きいているうち安兵衛は自分の頭がどうかなるのではないか、と髪をかきむしりたくなったほどであったが、長い時間を費して、ともかくもきき出したことは、実に意外な事実であった。

——熱田の神剣を盗み出したのは、自分の言葉が暗示となったかも知れないが、決して自分がすすめたものではない。そんな罪を犯すことなく、自分はもう少し日本に滞在してエドなどを見物したかった。

——とにかく、しかし彼らは、日本最大の秘宝という誘惑に抵抗しがたく、血まみれの大罪を犯して、神剣を強奪して逃げた。自分もいっしょに日本にやって来た同国人だから、どうしても彼らと行をともにしないわけにはゆかなかった。

すると、逃走の途中から、キッドは耳鳴りみたいに一つの声をきくようになった。

「首を吊られる、罪の酬《むく》いで、可哀そうなキッド、千日のうちに」

これが絶えず聞えるのだ。

「そ、それは日本語で？」

と、安兵衛は妙な顔をしてきいた。

「いや、キャプテン・キッド、日本語、わからない。イギリス語で——しかも、女の声で」

「おお、それは天照大神《あまてらすおおみかみ》じゃ」

と、安兵衛はさけんだ。天照大神が英語をおしゃべりなされるとは、無学にしてまだきいたことがないが、しかしそうとしか考えられない。

「それに」

と、ガリヴァー氏は首をかしげていった。

「キッド、失望したらしい」

「し、神剣にか」

「黄金もなければ、宝石もない」

「あ、あたりまえじゃ！　御剣の尊さはそんなことにはない。し、しかし、あの金髪の曲者《くせもの》めが、なんと御剣を拝観したのでござるか！」

腸《はらわた》もちぎれるように安兵衛はさけんだ。

「よ、ようもその眼がつぶれなんだもの。——」

「いや、それ以来、たしかに眼も耳も霞《かす》んで来たようじゃ。とにかくキッドは、急に気力衰え、剣に対する執着を喪失した」

と、いうような意味のことをガリヴァーはいい、さて、つづけるのだ。

——そこに私が、彼を非難し、かつ剣を返して日本人に謝罪するようにしつこくすすめるものだから、ついにキッドも半ばそれを受け入れる気持になり、半ば私に悪意を抱いて、

「では、剣は置いてゆく」

と、いい出した。船が来ることになっている焼津への道に入ったころからだ。

「しかし、それはガリヴァー、おまえさんが探せ」

と、いって、配下に私を眼かくしさせた。

「おまえさんが探し出して、日本人と取引き出来るなら、勝手にしたらよかろう」

そして、あの浜辺についたときは、もうキッドたちの身のまわりに神剣を入れた筥はなかった。――

「キッド、盗んだ宝、みなイギリスに持って帰らず、世界の島々に埋めておく癖、あるのです。もしイギリスで具合悪くなったとき、逃げ出して、また掘り出すためでしょう」

「そ、それでは、御剣はこの焼津のあたりにあるのでござるか？」

「そう思う。シルヴァーがどこかへ消えていたから」

「では、このあたりを掘れば。――」

といったが、安兵衛は急に困惑した眼でうしろをふり返った。

「焼津に来る道に入ってからといわれたな」

「イエス」

藤枝からここまでは一里半以上もある。その間、森あり、野あり、河ある一帯から、埋められたただ一本の剣を探し出す。それが容易なことであろうとは思われない。

——しかし、はじめてガリヴァーが「神剣のゆくえを知らない」といったことや、「私を殺せば、神剣のありかがわからなくなる」といった意味があきらかになった。

「そ、それがどこに埋めてあるか、どうしてもわからないのでござるか」

「見つけたら、私のエド見物、ゆるすか」

安兵衛はガリヴァーをにらみつけた。

どうやら彼は、はじめからあの船に乗る気はなく、まだ日本にいるつもりであったらしい。図々《ずうずう》しいといおうか、気楽といおうか、安兵衛の常識を超えているが——しかし、この際、彼は、

「よろしかろう」

と、いわざるを得なかった。いかなる条件でも、一刻も早く神剣を手に入れるという大事にはかえられぬ。

「では」

と、ガリヴァーが歩き出したとき、いままでやや離れたところで、不安そうにこちらの問答をきいていた三人の熊野比丘尼が、たまりかねたようにこちらに歩いて来た。

すると、ガリヴァーは、

「うひゃ……」

というような奇声を発した。

「あっちへ、あっちへ！」

泳ぐように手をふる。その眼には途方もない恐怖のひかりがあった。

いままでばかに落着いていたのが、この突然の狼狽ぶりを見せたのは、はじめわけがわからなかったが、卒然として安兵衛は先刻のこの三人の女の怪術を思い出した。ガリヴァーは、よほどあれに懲《こ》りたと見える。

「わたし、日本に残って、あの女性たちといっしょ、旅したかった！　しかし、もう、それやめた。あの女性たち、恐ろしい。地上の女、みなきらいにさせたほど、恐ろしい女たち！」

とぎれとぎれに、ガリヴァーはそんなことをさけんだ。

彼の恐慌《きょうこう》は安兵衛にも理解出来ないでもなかった。それどころか、思い出すと彼自身、さけび声をあげたくなるほどだ。

「相すまぬが」

と、彼は女たちに一礼して、悲鳴のようにいった。

「しばらくあちらでひかえておれ」

女たちはおとなしく立ちどまった。

ガリヴァーはそれを眼の隅《すみ》で見て、やおら海賊シルヴァーの死骸《しがい》のそばに近づいた。しゃがみこんで、その服のあちこちを探っているようだ。それから、首をかしげて考えこんだ。

ふいに彼は手を打って、見ていた安兵衛があっとさけんだようなことをやった。うつろにあけたままのシルヴァーの片眼に指をつっこむと、いきなりそれをほじくり出したのだ。それは義眼であった。

「あった！」

その奥から、ガリヴァーは何やらつまみ出して、それをひろげた。一枚の紙であった。

「おお、しかし、これは！」

彼のさけび声がただごとでない絶望的なひびきをおびていたので、安兵衛は近づいて月光にのぞきこんだ。

紙片にはいちめんにわけのわからない文字がかきつらねてあった。


53‡‡+305))6*,4826(8+060‡+‡?56;4860))85;I‡(;‡※8+83(88)5※+

;4688;96＊9;485;＊;49565-4)8?,40628‡‡4069285)4‡‡I(‡‡4808I;85;4)485†
*81?;;188‡?;

「これは、ガリヴァー氏《うじ》の国の文字でござるか？」

と、安兵衛は狐《きつね》につままれたような顔をした。

「ああ、そうであったら、どれほどよかったろう。――これはイギリスの言葉ではない！」

ガリヴァー氏は頭をかきむしった。この人物がこんな苦悶《くもん》の身ぶりを見せたのは珍しいことであった。

「これはキッド仲間の暗号にちがいない！」

安兵衛には英語であっても同様だ。彼は不安そうに問いかけた。

「で、結局、神剣の埋蔵場所はわからぬのか？」

九

堀部安兵衛とガリヴァーは江戸へいった。
いっしょに――ではない。安兵衛は、やがて追って来た浅野家の行列に加わり、ガリヴァーは、やはりそれと前後してやって来たオランダ甲比丹の行列に入って、べつべつに江戸へいったのである。

ガリヴァーをふたたび甲比丹一行に加えさせたのは、安兵衛の周旋であった。そのほかに法はなかったのだ。

ガリヴァーは、あの紙片の符牒《ふちよう》を、これは海賊キッドたちが神剣を埋めた場所を表わした記号であるといった。暗号である以上、きっと法則がある。法則がある以上、必ず解ける。――ただ、それには若干《じやつかん》の時間が必要である。乞《こ》う、藉《か》すにしばしの時を以てせよ――と、彼はいうのであった。

この際、彼に頼るしかない。安兵衛自身は完全にお手あげだ。

が、ついに大海賊の首領キッドはとり逃し、五人の朋輩は殺され、神剣のゆくえは不明となってしまった以上、彼の心は憂悶《ゆうもん》にとざされざるを得ない。彼は二つの行列のはるかうしろを、トボトボと歩いて来る三人の熊野比丘尼の姿など、眼中にも脳中にもなかった。

二月十四日――陽暦にして三月三十一日――江戸へついて以来、安兵衛が鉄砲洲《てつぽうず》の浅野屋敷から、連日のごとく本石町《ほんこく》のオランダ甲比丹定宿《じようやど》の長崎屋へ通《かよ》って、火のつくようにガリヴァー氏を督促《とくそく》したことはいうまでもない。

「いましばらく、いましばらく」

ガリヴァーは恐れ入り、しかし思考の袋小路を脱するためだといって、安兵衛に江戸の市中見物の案内をさせた。

で、ガリヴァー氏は、こうして元禄の江戸を心ゆくまで探険したのである。

サクラの江戸を、カブキの江戸を、ヨシワラの江戸を、そしてまたお犬さまの江戸を。

ちょうど生類憐《しょうるいあわ》れみの令が最高潮に施行された時代であった。

お犬医者というものがあって、六人肩の駕籠に乗り、若党、草履取《ぞうりとり》、薬箱持ちなどをつれて、そっくり返ってねり歩く。中野にある野犬収容所は十六万坪にわたり、一頭ずつ節なし総檜《そうひのき》の小屋におさまり、中には厚綿の蒲団《ふとん》がしいてある。これをつかさどるものはお犬総奉行《ぶぎょう》六千石という高禄《こうろく》で、下に犬小屋お奉行、お犬同心数十人とその職制は壮観をきわめる。

犬ばかりではない。二人が見て回った市中でも、過重の荷を馬につませたといって、往来で役人に鞭打《むちう》たれている男があった。溝《みぞ》の水を往来にまいたのは、ぼうふらを殺すことだといって、役人に眼の玉の飛び出るほど叱《しか》りつけられている女があった。

ガリヴァー氏はそんな風景を見て、抱腹絶倒《ほうふくぜっとう》した。

「いや、江戸に来た甲斐《かい》があった。こんな面白い国を作る人民があろうとは、私の空想も及ばぬ」

以前、恐ろしく気むずかしい人間のように見えていたが、これが江戸に来てから、とめどもなく笑うのだ。

「一つの国の物語としては、材料が豊富過ぎる。三つ、四つの国家に分けて書くことが出来るな」

安兵衛はガリヴァー氏のつぶやきの意味もわからなかった。ただ、彼は焦燥した。熱田の宮から神剣が紛失したことは、いつまでも秘事として保たれるはずがない。

――彼は、このガリヴァー氏が、江戸見物の愉《たの》しみをいつまでも味わうために、故意にあの暗号文が解けないという策略を弄《ろう》しているのではないかとさえ疑った。

オランダ甲比丹が江戸へ到着してからもう二十日以上も過ぎる或る日、堀部安兵衛は鉄砲洲の江戸屋敷を出て、偶然、往来で三人の熊野比丘尼を見出した。

「あ……そなたらは」

と、駈け寄った。

三人は、ていねいにお辞儀をした。頬をういういしくあからめて、どうみても巷《ちまた》の春婦《しゅんぷ》とは思われない。

その中の一人が、小声で、神器のゆくえをきいた。安兵衛が首を横にふると、彼女たちは顔見合わせ、涙さえ浮かべた。

「やはり、気にかかるか」

「それは、日本の女でございますもの。――」

当然とはいえ、つくづくとふしぎな女たちだとも思う。しかし、それよりも、このとき、

「そうだ」

と、安兵衛は手を打った。或ることを思いついたのだ。

「おぬしたち、本石町の甲比丹定宿長崎屋へいって、二、三日或る異人の給仕をしてくれぬか？」

「え、わたしたちが？」

「例のキッドの仲間だ。仲間であって、仲間でない。変な異人じゃが、あの御仁が、そこでいま、神剣のゆくえをしるしてあるらしい符牒を研究しておるが、なかなか思うように参らぬようす。それをおまえたちが傍《そば》から責めはたいてやってくれ」

彼はもう三人の女の手をとらんばかりにしていった。

「いや、そなたらがそばにおるだけで、何よりの鞭《むち》となる。あの御仁は、奇妙な女嫌《ぎら》いらしい。何なら、その女嫌いめに例の——男根成仏とやらをもういちど喰わせてやってもよいぞ。長崎屋にはおれから話す。さあ、ゆこう」

堀部安兵衛につれられて現われた三人の比丘尼を見て、案の定ガリヴァーは一大恐慌のていを示した。

安兵衛の見込んだ通りであった。

三日とたたないうちに、ガリヴァーはキッドの暗号を解いたのである。憮然《ぶぜん》として彼はつぶやいた。

「インスピレーション最大の源泉は苦痛にある」

さて、例のわけのわからない符牒はことごとくイギリス文字の変形であって、それを通辞の助けをかりて日本語に直すと、こういう文句になるというのであった。

「焼津の野赤き地蔵の堂にてよき眼鏡四十一度十三分南東微北本幹第七枝松《えだまつ》の洞《ほら》より射る樹《き》より弾を通じて五十フィート外方に直距線」

堀部安兵衛は唖然《あぜん》とした。

「——な、なんのことやら、ちっともわからぬ」

「それは、わたし、そこにいって説明しよう。二、三日のうちにも、甲比丹、長崎へ向って立つ。そのついで、ないしょでまた焼津にゆこう」

そして彼は、遠眼鏡をとり出した。

「よい眼鏡とは、この眼鏡のこと。船乗りには、眼鏡とはこれ以外にない。——きっと、うまくゆく。それでわたし、心地よく長崎へ帰れることになる」

「長崎へいって——ガリヴァー氏《うじ》、まだ当分御滞在でござるかな？」

「ああ、あそこ、物語の構想練るに、至極ふさわしいところ。これだけ手柄をたてれば、長崎奉行も、甲比丹も、わたし、あそこに置いてくれるだろう」

そしてガリヴァー氏は、うすきみの悪い笑いを浮かべた。

「首を吊られる。罪の酬いで、可哀そうなキッド、千日のうちに。——と、アマテラスオーミカミが予言、なされたとか。千日たってから、わたし、イギリスに帰ることにしよう」

十

元禄十年三月十二日——陽暦にして四月二十七日——オランダ甲比丹の一行は江戸を離れて長崎へ向った。これに、ひそかに堀部安兵衛と小野寺十内が加わった。

藤枝から、ガリヴァーと通辞だけがオランダ人一行から分れて、十内、安兵衛とい